願力會召喚良師益友天下資源

阿隆的奇幻人生

淘氣阿隆・王興隆——著

目錄
contents

輯三 阿隆一家

輯四 顯化

輯五 文以啟道

附錄

作者序

Preface

世界之大
無奇不有
感恩出生以來遇到許多貴人
有的是常人看不到祂們的形象
若有人遇到類似狀況
別驚慌
看完我這一生的經歷
有緣的你
相信你選擇的信仰
把握契機為世界做更大的貢獻
當你清楚今生的天命
以天下為公行大道
願力會召喚良師益友天下資源

造福人間
濟弱扶傾助人無私無我無取無求
真誠感激與你一起行善的夥伴
寬恕陷害毀謗霸凌你的人不記仇

謝謝黃培玟小姐與時報文化出版團隊
幫助出版
我將在各大學演講時送給出席的師生
祝福有緣人一起濟弱扶傾造福世界

阿隆的奇幻人生封面故事

阿隆接受聯合大學侯帝光校長邀請

在開學典禮上演講

由校方林本炫幾位院長陪伴

葉倫會老師、黃培玟小姐和阿隆

到三義勝興搭觀光電動小火車

穿過山洞時

黃培玟拍下隧道中阿隆的座車

冥冥之中成為
阿隆的奇幻人生新書封面

時報文化出版公司
青年節3月29日出版
期許數十萬人因為此書
擁有幸福美滿人生
濟弱扶傾造福世界

王興隆
寫於台北市
2025年3月29日出版

輯一

Race Prosperity

阿隆講故事

國立成功大學103年度校友傑出成就獎頒獎典禮
Featured
Development
提升．重
人文 Liberal Arts and Humanism
創意 Creativity & Research
國際化 Internationalization

01

先從最近發生的往過去發生的講
志工們聽聽
去比對所見到的筆記與文稿
就像大學物理基礎課6學分
上2學期
物理實驗課2學分
將教科書內容用實驗證實
實驗室的老師看到阿隆很快就完成
問我物理考幾分進成大
我說95分
他說是他聽到的最高分
2學期都給阿隆95分
現在我講的故事類似
各位所看資訊的實驗

洪羿達是一炁石府殿的宮主
這次過年接了上百位神尊
徐老師不在洪羿達遵照菩薩囑咐

訓練其他弟子練習接神
兩位接神的弟子接到並看到皮膚咖啡色
猜不出是哪位神尊
上網找了才知道是神農大帝

02

昨天圓圓載軒融到白沙屯拱天宮
向媽祖娘娘和觀音菩薩拜年
再去台中找嘟嘟三個表姊表哥玩

幾年前牧謙和圓圓軒融聽人推薦
到高雄找高人指點
突然說軒融有血光之災
建議找廟請神明保佑化解
圓圓回台北壓力大到睡不好
問阿隆怎麼辦
阿隆不忍圓圓心有罣礙苦惱
於是清早載她母子到白沙屯

進拱天宮善男信女滿滿都是
上香為他們祈福消災
一股電流感應全身
圓圓長跪在側邊地上
軒融合十站在母親身旁

解了心中罣礙
為兒子祈福消災
圓圓恢復平靜

圓圓小時候在臥室大叫
阿隆阿一趕忙進去看
只見她用被子蓋住全身
說有人告訴她要收她為徒
要教她
她躲到被子裡還看得到一個
大眼沒眼皮的人
我們猜不出她看到誰
但知道來者有緣
阿隆叫圓圓同意拜師學藝

星期天阿隆帶圓圓和龍龍到國喬辦公室
電梯門一打開姊弟衝進去
圓圓回頭撞上阿隆
說我看到的就是他
原來是達摩祖師
一個多月前
苗栗三義莊姓雕刻師傅
說達摩祖師跟你有緣
專車送來
後來達摩祖師親傳達摩神功
進出阿隆家

03

前年雷墿坤、倪宜玲嫁女兒
在板橋希爾頓飯店宴會廳請客
安排阿隆上台致詞祝福
阿隆傳授新人幸福富裕的心法
起床互相真誠祝福

路上為走路騎機車開車的人們
真誠祝福他們平安健康發財

坐回位子隔座宜琳的手帕交
阿隆不認識
她問阿隆
幾年前有位男友人向她借10萬元
一直沒還
自己缺錢用問阿隆能告訴她方法要回錢
阿隆說妳就祝福他平安順利
忘掉這筆錢
專心做妳的正經事
錢會用另一種方式回到妳手上
她問多久發生
阿隆說妳現在做就開始進行
她聽話默念
沒多久婚禮主持人跟賓客們玩賓果遊戲
最後一男一女脫穎而出
猜拳女的贏了
這位幸運女獨得上萬獎金

坐到我身邊開心說你真靈
阿隆說妳信所以心想成真
不要糾結在那一點上
糟蹋自己生命

04

趙老師父親留學日本博士
回遼寧組抗日地下團體
100多人被捕入獄
每人誓死如歸
慷慨激昂唱松花江畔
來不及行刑
日本投降被釋放安全回家
以後每年重聚都高歌松花江畔
後來被選上最年輕的國民大會遼寧省代表
被國民政府護送到台灣
在各大學任教
逝世出殯前一天

家中印傭整理家時
聽到趙爺爺臥房傳出很多人大聲合唱
家人都沒聽到聲音
認為印傭胡說
就問她聽到什麼歌
她居然能哼出歌曲
家人一聽都說是松花江畔
原來老戰友眾靈來迎接生死至交

05

倉頡中文輸入法的發明人朱邦復先生
說創意來自上天透過他的助理完成
達摩祖師借圓圓和其他同修傳授達摩神功一樣
阿隆20年在南投大明山白陽大道院幫忙調解人間千奇百怪的因果
都是由有修行的三才
讓諸天神聖或靈界無形借用
進行對答調解

這個視頻介紹實數虛數概念
那個電腦螢幕文字是人輸入的
靈借用這女完成的可能性最高
以上補充說明

https://youtu.be/xFJDVdSG_R0?si=fKRAArPZH3T7X1I7

慢子宇宙VS快子宇宙

慢子宇宙（Tardyonic Universe）

慢子宇宙的概念基於「慢子」（tardyons），即速度低於光速的粒子。這類粒子遵循狹義相對論，其速度永遠無法達到或超過光速。慢子宇宙的論點基礎包括：

1. 狹義相對論：愛因斯坦的狹義相對論指出，任何具有靜止質量的粒子都無法達到或超過光速。慢子是這類粒子的代表。
2. 因果律：慢子的速度限制確保了因果關係不被破壞，即原因總是先於結果發生。
3. 能量與動量關係：慢子的能量和動量關係符合相對論性動力學，能量隨速度增加而增加，但永遠無法達到無限大。

快子宇宙（Tachyonic Universe）

快子宇宙則基於「快子」（tachyons），即假設中速度超過光速的粒子。快子宇宙的論點基礎包括：

1. 超光速假設：快子被假設為始終以超光速運動，無法減速到光速以下。這一假設挑戰了狹義相對論中光速為極限的觀點。
2. 虛數質量：根據理論，快子可能具有虛數質量（即質量的平方為負數），這使得它們在數學上能夠以超光速運動。
3. 因果律問題：快子的超光速運動可能引發因果律的悖論，例如時間倒流或因果關係顛倒。
4. 量子場論中的應用：在某些量子場論模型中，快子場被用來解釋自發對稱性破缺等現象，儘管這些快子並不直接對應可觀測的粒子。

總結

慢子宇宙和快子宇宙分別基於不同的物理假設和理論框架。慢子宇宙遵循狹義相對論和因果律，而快子宇宙則挑戰這些傳統觀念，提出了超光速粒子的可能性。儘管快子尚未被實驗證實，但它們在理論物理中仍具有重要的研究價值。

06

阿一妹婿哈佛醫學博士
阿一妹妹說姊夫
我有天在哈佛醫院等他時
看到漏斗雲快速旋轉到處亂竄
那是什麼？
阿隆主治醫師說在醫院走廊遇到
某醫師迎面走過互打招呼
他想起那位醫師不是剛過世？
同樣遇到已病逝的患者
原來真有靈體存在
圓圓龍龍小時候常在家中
追逐兩個光球一藍一白
圓圓說這兩個光球跑到她教室走廊
阿隆父親過世頭七夜
母親在床前看到空中有盞燈火

母親呼喚父親名字
火光明滅回應
母親說了思念的話
感恩父親照顧全家人
請他保佑三個兒子媳婦子孫平安
也保佑她平安
不久後火球消失
母親很欣慰告訴阿隆
你父親昨夜回來看我

07

小鳳在廣州中醫藥大學攻讀中醫博士
到西安參加世界中醫論壇
晚上回到酒店房間
她看到一排病患到面前
吐著長舌看病
小鳳每個都拉長他們的舌頭
囑咐患了什麼病該怎麼治療

看了許久才看完所有人
她打電話問同門師姐
今天是什麼特別日子嗎？
回答是中元節
小鳳才明白原來是陰間的病患

小鳳在杭州行醫快7年
解除許多病患的痛苦
有的病患是因果來討報
對小鳳壞了他們報仇機會
都會遷怒於小鳳
幸好小鳳正氣凜然護體
有次來靈威力強大
小鳳與對方激戰
突然有小神童持寶劍高喊
大姨我來幫妳
打敗對方
小鳳打電話給阿隆說
圓圓肚子裡兒子跑到杭州幫她
軒融出生果然是神將轉世

08

我所言都是家人親友同修的經驗
真實可信
不論有無宗教信仰
都可從中獲得啟示
來靈生前富可敵國
權勢一統江山
榮華富貴終究一場空
因果討報很嚴厲
都以其人加害之道還治其人
你前幾世曾害人家破人亡妻離子散
或凌遲殺害人
這世被找到就痛苦難堪
你今世所享之福是前幾世修來的
此生沒修下輩子日子就無福可享
阿隆將記得的故事盡量寫出
有人要幫阿隆這系列故事拍成微影片
放到網路播放
阿隆先專心寫出來

請黃培玟整理編集成書發行

09

大明山白陽大道院是吳老師創立
他說阿隆是來接他班的
有些同修的事他告訴他們找阿隆
其中一件高難度的
我曾講過
為了記錄再說一遍
張府公子和李府千金情投意合
李府高堂希望孫女招贅延續李氏香火
張府雙親不同意兒子入贅
兩家人請吳爺爺調解
吳老師說這事只有王興隆能幫你們忙
阿隆是好好先生不忍拒絕人之所請
於是超級月老上身
在大明山上一家在見證堂
一家在餐廳

相隔200公尺
月下老人川梭兩處調解
後來阿隆說聽我的
不必招贅
讓兩家各得一子
再生一女
皆大歡喜
於是正式提親大訂小訂
盛大婚禮
五年內生了2子1女
兩家人驚喜萬分
阿隆賭上一世英明
完成任務
當媒人還包生男生女
難度真高
李府家長李中堅羅麗莉
張府公子張世賢
一家五口幸福美滿

10

李建中學長來電
請阿隆幫弟弟李建復忙
他想選軟體協會理事
阿隆每次都最高票當選
於是發信給會員們
請他們把投阿隆的票給李建復
終於建復高票當選軟協理事
李建復主持台北Office廣播節目
邀阿隆做一小時訪談
談童年淘氣故事和創業神農大帝相助
後來又上了2次
南山人壽邀請阿隆到500位保險業務充電大會演講2小時
談自我激勵的心靈提升方法
結束後有兩位女士跑到停車場
說要到阿隆國喬電腦公司拜訪
心想要來介紹保險吧
給她們名片約好時間
隔天古荷賢來說

阿隆講的跟她的吳老師上課內容一樣
有聲音告訴她
就是他
要帶他去見吳老師
原來不是談保險
阿隆覺得有意思
以為吳老師就在台北
答應她去見吳老師
沒想到吳老師住彰化
開車兩人到彰化見到
一位白髮白衣道服的慈祥老先生
於是展開20多年修道奇緣

11

吳老師告訴古荷賢說
妳做證
王興隆先生是來接我棒的人
還說跟你有宿緣的權貴富豪很多

你做傳道的天命比經營企業有更大的貢獻
勸阿隆不再浪費時間完成天命
阿隆告訴吳老師
我那些富豪友人我不會請他們捐款
我用自己的財富去做公益
上天若要我服務眾生
自然會提供我必備的資源
有多少做多少
量力而為
20多年後
有人提議到南寧大明山蓋個宏偉的白陽大道院祖庭
阿隆公開反對
祖庭就在南投中寮白陽大道院
不必再向退休老師公務員居多的老同修再募款去大陸
蓋大道院硬體建設
意見衝突阿隆被逐下山
圓圓龍龍知道父親受辱
跟著下山
阿一小鳳嘟嘟選擇留在山上
阿隆祝福大明山同修都安好

12

有人半夜在南橫車拋錨
看到巨大阿隆影像佇立在隧道口山壁上守護直到車子
又發動脫困

好幾人看到阿隆分享信
感應強烈感動落淚

也有人很反感拒收阿隆分享
我都平常心

我是人沒有神通
阿隆只是因緣際會
碰巧發生奇妙的境遇
據實分享有緣人
沒有謀財欺人之企圖
樂善好施
濟弱扶傾
如此平凡善心善行

尊敬企業家照顧成千上萬員工家庭
敬佩大家認真工作服務社會大眾
再顯貴的古來今往英雄豪傑
阿隆一視同仁沒有分別對待
無私無我安平樂道
教養後起之秀成器成材
實踐禮運大同篇的願景

13

20年前阿隆賣掉2棟房子
拿著錢
每個紅包都裝一萬元
開車環台遇有窮困人家
就送紅包給他們
後來
小鳳辭退博客來經理職位
到大明山做吳老師的無酬翻譯
吳老師鄉音初次見面的訪客需要小鳳翻譯

白陽大道院每年提供清寒獎學金給南投縣市中小學
小學1千中學2千
獎學金送出一週後
小鳳接到霧社一位母親說她農忙
錯過為兒子申請獎學金
她兒子小二是班上第一名
小鳳說獎學金送完
下學期記得申請
請她留下手機號碼
然後打電話給老爸說
你有愛心紅包
你跟這手機母親聯絡幫她一下
阿隆聯絡上約好在霧社公園見面
從台北開車5個小時
這位母親由鄰居從深山開車送出山
她坐上我車細說她和先生4個孩子
原本住台北開貿易公司
先生罹癌搬回山上老家養病
老家年久失修
借住興建中廟宇的胚房

她在附近打零工
她需要這一千元獎學金
她在籌在外地租房讀書的孩子下學期的房租和學費
阿隆看到一位男士睡在簡陋床墊上
她說先生最近常昏睡
我說不要打擾妳先生
拿出8包紅包給她
並約半年後再送8萬元幫助他們
開車離去看到後視鏡
這位堅強的母親流著淚向天空猛拜
阿隆感佩偉大的女性
期待半年後再來找他們

14

那年暑假吳老師帶50位同修
到天山天池王母娘娘廟朝聖
遊敦煌月牙泉高昌故國遺址再遊西安洛陽
大明山白陽大道院正在興建

工程暫停怕建材被盜
阿隆奉令一個人守山
夜晚阿隆對著群山高歌
各山頭農家狗鳴唱和
5公頃的大明山
阿隆當十天山大王
可惜阿一沒跟來當押寨夫人
後來聽說古荷賢坐在高昌故國遺址高地淚流滿面
阿隆載她上山查明原因
高昌國國師出來說話
指責古荷賢當年率唐朝大軍滅掉高昌國
妳坐在高地是座大寺廟
所有人都被殺了
為何這麼殘忍
古荷賢懺悔道歉
說是奉皇帝命令出兵滅高昌國
國師還說荷賢先生是副將
後來請觀音菩薩接引來靈
秦始皇大軍
武則天大軍

都跟到大明山
還好平行世界容得下
那陣子吳老師和幫忙的三才好忙

15

阿隆每個月到南投中寮大明山
聽吳老師上四書五經課
擔心老公是否遇到類似宋七力人物
帶著圓圓龍龍跟阿隆開車4小時上山
見到吳老師
吳老師對阿一說我認識王夫人
阿一說我沒見過您
吳老師說在河南一座廟裡
金母娘娘
阿一不信
吳老師看到圓圓龍龍
對阿一說兩位小朋友有來歷
阿隆說他們名字叫啟芸啟倫

吳老師叫他們坐下伸出手掌
說你們看到爺爺手掌有什麼
兩人異口同聲說有火
吳老師又說還有什麼
他們說有座古城
吳老師要他們仔細看
他們說看到穿古裝的人進出城門
阿隆阿一正奇怪吳老師手掌沒東西啊
吳老師告訴阿一
你們自己的孩子不會騙你們吧！
下個月阿一把小鳳嘟嘟也一起帶上山
吳老師對著我們一家四個孩子說
你們是來幫你們父親來傳大道的
你們父親是接替爺爺的任務
你們父親的福報比王永慶先生還大
從此全家人每月上山修道
20多年
與諸天神聖跨時空交流

16

因為電腦業剛起步

敢創業的大多請示神明

前途是吉還是凶

有神撐腰力挺

大家才放膽摸索前景混沌不清的電腦產業

神通有嘉義太保的聖恩宮

宏碁有埔里的地母廟

阿隆有仁德的開農宮

其他就省略不說

施振榮先生侯清雄先生都當過

台北電腦公會理事長

和阿隆是好友互敬互重

我們有困惑都會去請神明解惑開示

許多神奇的經歷我們會彼此分享

尊重兩位大哥

阿隆就說到這裡

17

來靈報上姓名
我是許瑋倫
吳老師問阿隆你聽過這名字嗎
我說她是很好的女藝人
為何到大明山
我看到這裡很亮
就過來
求道長幫我
妳發生什麼事
我在三義高速公路車禍過世
想回家進不了家門
為什麼
因為門神不准我進去
看到父母傷心我很難過
阿隆跟吳老師說
她是潔身自愛的好藝人
我們幫她一下
妳家地址告訴我

記了下來
吳老師就請千手千眼觀音菩薩
按地址護送她回家
這也是緣分
吳老師問我怎麼知道
我說電視新聞有播報

18

有人說讓他看到神他就相信
阿隆直接回答你是誰啊！

有人說讓他賺到大錢就行善
阿隆說錢多責任大要照顧更多人
沒做好錢會被收回去
有心沒錢也能行善

靈存在嗎？
我寫的你不相信尊重你

內證觀察筆記寫的是真的嗎？
作者無名氏真的能看到廿八星宿定位為人傳送微小粒子修補身體器官
相信他吧！
生活作息正常行善修行厚植功德
你的身體天天都有上天大能保護你

不少古人能內證觀察宏觀宇宙與微觀宇宙
現代人少有這種能力

生病要就醫嗎？
當然要就診
西醫或中醫先治療
沒效可能是因果病
不必去問因果
有欠的被討報
心甘情願受苦
雖不知前幾世幹了什麼傷天害理大事
懺悔改正不良積習多多做善事
來報仇的看了也會輕輕整你一下放過你

19

各人造業各人擔
菩薩不會幫你擔因果
看過名人機關首長民意代表億萬富豪
跪在菩薩面前求助化解遭遇的困境
求名求利求平安求健康
其實都是明知故犯
不肯懺悔改過自新
菩薩救不了執迷不悟的人
因果討報的不多
自作自受
今生不行善造福改過自新
來世受到的苦才嚴厲
阿隆不能干涉因果
只能提點有緣人
自己體悟自己化解
阿隆勸有緣人
盡心盡力後欣然接受後果
不論結果如何

都要心存感恩
不要怨天尤人
讓你成功要珍惜不要得意忘記對上天的承諾
讓你失敗是你有更好的新抉擇
反省改進精益求精改變自己的命運
記得要當自己的主人
自己最後做決定就別怪他人

20

阿隆親友旅居美國日本
親戚台灣大陸都有
感恩每個人對當地的貢獻
沒有人故意去害人的
只要有理想奮鬥
都會推進時代巨輪向前滾動
是非對錯最後留給史學家評論
阿隆很高興親家李天浩教授分享
歷史研究學者許倬雲教授的《台灣四百年》

好書導讀

有人問阿隆上四書五經課有何心得
隨著人生閱歷增廣
細讀老祖宗留下的經典
領悟更深刻
有興趣自己在網路找
到書店買書回家慢慢品味
餘生有幸驗證古人智慧是很幸福的

https://youtu.be/ckv57GrIg38?si=i5IQUDsG8naekjHy
https://youtu.be/P6ml4p40ejk

輯二

Race Prosperity

多元世界

南投中寮大明山創辦人吳老師（中）

夜來風雨聲

阿一昨天說她在美國的弟弟
半夜夢到走到一個地方
看到一位婦人
提醒他趕快回去
這裡不是他該來的地方
他醒來回想那位婦人
就是小時候家中牆上掛著
未曾見過的祖母遺照
父親年輕時逃難到台灣隨身攜帶
他是基督徒不解其因
靈界不分宗教信仰都存在
人生在世自當好自為之
多行善道
自然到彼岸相會

今天從台南成大醫院將到台中看母親
三弟百般孝順照顧
無法自理

她卻堅持回台南獨居
有些失智不理性的現象
母親造就我三兄弟
恩情浩瀚
她的晚年我將順她的意
走完人生

信仰各隨其緣互相尊重

一家人不同信仰相安無事
各隨心靈嚮往並互祝福
有志工問阿隆幼兒說
他看到有老婆婆拿椅子坐在人行道
那天看到一個
今天看到兩個
可是我都看不到
怎麼辦！
阿隆只幫志工解說

許多兒童會看到大人看不到的東西
長大大都失去這能力
只要沒和這些無形互動
應無影響
倒是大人因看不到而為孩子擔心
建議就帶去教會或寺廟
親子祈福求個平靜的心靈
若真有不好的東西纏上
聖靈都會慈愛調解
你虔誠就感應得到
就算會要花錢也很有限
要你花數以萬計的處理費用
一定是江湖術士
別陷進入人財兩失

鄭石岩教授的好建議

創業後工作忙
孩子一個接一個出生

四個孩子成長過程中
生病，叛逆期
平安渡過要感謝鄭石岩教授
30多年前開車聽到鄭石岩教授分享育兒經驗
他的孩子常生病
他很苦惱
最後夜裡跪在孩子的床邊
向熟睡孩子的靈溝通
請讓身體健康起來
你這一生需要健康的身體去完成
很虔誠的溝通後
隔天高燒退了
以後很少生病了

於是在孩子們發生嚴重的病情或叛逆言行
阿隆就學鄭石岩教授
很有幫助
曾告訴不同宗教信仰的好友
他們也深受其益
各位志工請參考

參考

王大哥

我也很想跟我三個小孩的守護靈溝通一下～呵呵　玠甫

玠甫和好幾位志工都有這想法
吳老師已不在
阿隆又不願擁有這能力
所以無法重現
但有一安全的方式
供您參考
首先向你所信宗教至高無上的諸天神聖稟告（心中祈禱）
請保護親子間溝通平安順利
孩子熟睡後
你安靜坐在旁邊
心中呼喚他的名字
然後告訴他多麼高興迎接他來到這世界
你很疼愛他
希望他受到最好的栽培

一生幸福美滿
你很真誠講你想表達的
希望他能快樂成長
剛開始幾次
會越來越順心
好像感到收到回應
有時候他好像講夢話
你仔細聽會知道這是他的回應
別被嚇到
我的四個孩子
在莫名生病或遇到傷害
我會用這方式安慰鼓舞
以上謹供參考

人生上碰到很棘手的人
我會用很虔誠方式遙祝對方一切平安和善美好
縱有舊仇彼此釋懷皆大歡喜

夢中夢

龍龍習慣關門熄燈就寢
昨夜夢裡看到門自動打開
要起身查看
發覺是夢中夢
再度看到門被打開
有被侵犯感覺
手上變出劍來使用
揮舞無用
輪番變出其他武器驅除
終於清醒過來
開燈全屋巡檢一遍
再安然入眠
阿隆告訴他三個方法
可以安心睡覺
1. 向王家守護神觀世音菩薩祈福
2. 房間氣窗要通風對流
3. 3到5次全身用力繃緊20秒再放鬆

人是有直覺的
天地人兼顧化解疑惑

念力的可怕

有志工分享其經驗
當學校主任時才警覺自己念力不能輕易啟動
祝福是很好
負面的就很可怕
巡視校園時覺得有三棵樹不該種在那個地方
長高後破壞美感
當初要是不種就好
一週後工友報告
奇怪為何三棵樹死了
接二連三類似的事出現
驚嚇到會不會是自己的念力強大到摧毀樹的生存意志
心存善念才不會誤傷無辜
念力是會反射到已身
祝福萬物自己也被萬物祝福

詛咒別人自己也身受其害

神僕

薛仿琪是工科系何明字教授夫人
幾年前她熱心送阿隆去高鐵站
分享她決定奉獻幫助蒙難的婦女
主耶穌出現在她眼前的榮光
讓她感動無與倫比
有信仰的人
只要真心誠意就能和諸天神聖契應
利己是人的本性
利他是神的精神
我們有神愛世人的精神
神即與我們同在
再怎麼辛苦都甘之如飴
我們的志工多與神心心相印
多人好奇謝旭英的奇遇
幾年前我寫過就不再贅述

也有幾人曾在不同時空見過阿隆
如今相聚做公益都很開心
人有緣才會相逢
大家彼此祝福

造口業的體悟

有位高階主管進到阿隆辦公室
痛哭失聲求阿隆寬恕
我問怎麼回事
他說家中幼女生病一個多月治不好
到苗栗一家廟問原因
那神明告訴他要向你的老闆懺悔
你背後誹謗你老闆得罪他的守護神
他向我據實承認向小學同學兄弟（曾是股王）批評我
請我原諒他放過他無辜的小女
我連忙說我不會生氣的
我祝福你全家人平安幸福
他才寬心

不久他自己請辭
沒有的事不要造口業
無形討報人難防

語言的威力

語言富含許多訊息
多說正面陽光面尊敬的禮貌的善意的
因為它會穿透不同的時空
有些人無意間冒犯了看不見的靈
被整得很慘
千萬不可欺善
善良的人身旁或有圖報前世恩的靈
會出面教訓冒犯者
下手過重是常有的事

一些大師會教導信徒說好話做好事
阿隆處理太多這方面的問題
是人的靈好溝通

不是人的就難纏
我沒有時間也沒有精神耗在自作自受的人身上
一張嘴巴真的要謹言
多稱謝多感恩少發怒少批評

搭便車（一）

侯清雄告訴阿隆
嘉義太保聖恩宮許多神蹟
建議去體驗
阿隆準備好要請教觀世音菩薩的文稿
上面列了八位幹部姓名
祂透過廟祝
告訴阿隆有三件事造福世界
並圈了四位幹部特別肯定
聖恩宮的總幹事是嘉義大學的教授
還曾到國喬贈我一幅在南海普陀山請人用興隆寫的對聯
我開別克車回台北

有四位女士問我能否搭便車
上車後四人臉色凝重
我路上講
不是冤家不聚頭
老天爺會把他們綁在一起
彼此有仇報仇有恩報恩
痛苦的人能寬恕對方
彼此了結前世的怨債
享樂的人能感恩對方
也讓報恩的如願以償
大家好聚好散
莫再糾結到下一輩子
四人是高中同學
一人嫁到新加坡
三人帶她請觀世音菩薩解憂
她們聽不懂
在車上聽了我一講
她們問我是誰
是不是觀音菩薩要你告訴我們的
連連稱謝

中秋怨

月兒圓月兒亮
月兒今向誰家亮
這是當年南一中合唱團在新竹比賽榮獲全省高中合唱
比賽第二名的指定曲目
有年中秋跟著老師去南投一位立委家
台灣的民意代表住宅都很氣派
我們六輛車子雙B居多
他家的接待廳可坐二十多人
他問老師連任有什麼要提防的
老師很慎重指著一個空位
現在令堂坐在這位子
有話要我告訴你
專心處理好那件官司
不必連任
老師不好意思向立委太太致歉
因為她婆婆說她對婆婆不夠孝順

有次好友兄弟姊妹慕名到山上請益

阿隆安排請老師指點迷津
老師向他們全家人說你們母親也跟著上來有話要告訴你們
老師轉達他們母親說辛苦你們大姊為這家族事業犧牲很大
大姊當場思念母親而痛哭
這家族事業是他們母親開創的

多少死別千言萬語都來不及交代
好友上星期失去心愛的夫人
阿隆今天下午從阿財那裡知道
後天台南事情辦好中午2點到高雄致哀意

鄧麗君也化身嫦娥
撫平缺憾
但願人長久

搭便車（二）

中正大學資工所林所長邀阿隆演講
演講完要回台北
林所長搭便車回台中家
途中他說他叔叔是台中市長
幾年後林市長伉儷到山上求助吳老師
說被一件官司纏身深受困擾
莫須有的指控被整冤枉
阿隆正好在旁幫忙
調出因果
來靈是法務部蕭部長的隨扈
住嘉義某旅館大火被燒死
他怪當時林市長就住在隔壁
為何沒通知他一起逃生
林市長說我往右一路敲房門叫房客逃生
另一邊就顧不到
也不知道你在同一層
我沒害你
但還是向你道歉

後來南海古佛將來靈接去
出庭時告他的人跟審判長說他不知為何控訴林市長
乃撤回告訴
市長伉儷上山向諸天神聖感恩

破案

香港銀行界、銀行公會的大老闆們很熱中易經，就請吳老師到香港去跟他們討論，因此對這位高人印象深刻。

有一回香港某個分行經理在大陸出差，住旅館時被殺，當地的警方無法破案，香港人更是一籌莫展，於是他們專程派代表過來南投大明山上來找吳老師處理，我當時也在場，吳老師問了以後，就請被殺的人透過三才轉述當時的情形。

來靈出來時，三才感受到那種被人家刺的痛，吳老師請他轉述到底是被誰殺害的？他們把問答錄音下來，他說是一個高的、一個矮的，是飯店的工作人員。至於為什麼殺他，他認為是銀行的競爭對手買兇，為了搶什麼生意就用這種卑鄙的手法。

後來他們就帶著這個錄音帶回去找大陸的公安就破案了，原來案情真的就是那樣。

財神爺說

那年財神爺第一次現身白陽大道院見證堂
點了幾位同修
問你們來求我財神
今天我來了
請告訴我錢給了你
你要這些錢做什麼
我可以給你
你不好好用
我就收回

比爾蓋茲第一次來台灣
在台北世貿中心
阿隆代表台灣資訊業上台致辭

歡迎他
我說我們是軟體業
軟體是心靈產業
產品無中生有
創造的財富是上天託付我們為世人服務
您將是世界巨擘
會為全世界做出偉大的貢獻
他點頭笑得很開心

有新股王告訴阿隆她會成立基金會去做善事
卻忙著數錢忘了承諾
直到事業歸零
還不知是被財神收回

其實人只要有慈悲心
行善不見得要花錢
用你做得到的方式去祝福去助人
你的心靈就很富足
繁榮社會企業公司那麼多志工
就是一群輕鬆快樂濟弱扶傾

積少成多聚沙成塔
不知不覺突破送出五千萬元的物資錢財
邁向一億元前進
感恩基金會
好心肝基金會
是我們的典範

斷慾

阿隆阿一修道後斷慾到今日
不去追求名利物慾
睡的是沙發
吃的是粗飽
有錢就去助人
名還是自來
財由天賜
四個子女不靠阿隆的親朋好友自謀出路
他們必須經過歷練才有能力完成天命

口業不可造
否則報應很快
曾幫她引薦過多位貴人
曾勸她什麼事絕不可做
天網恢恢，疏而不漏
她卻說阿隆就是墨守成規
才不會有大成就
如果不對
為何她能當股王
阿隆最後的勸導是
不是不報，時候未到而已
報應來得很快
10幾年青春在獄中渡過
財富幾百億再多都沒意義
不正派經營自私自利不行善
都將歸零

巧遇

昨天到文山區公所8樓幫阿一辦敬老卡
有位穿志工背心的男士
跟我說王董好久不見
大家戴口罩我卻認不出他
在等待卡片時
他來說他每週二上午來當志工
我伸手把他的吊袋名字看清楚
原來是白陽大道院認識的李師兄
與夫人傅女士育有一女留英博士與小鳳是好友
傅女士是馬秀清高中同學
李師兄多年前得憂鬱症痛苦得用各種方式想結束生命
尋遍良醫求助各宗教神助
妻女不忍心他極度痛苦
本想放手讓他走
經人指引到南投大明山白陽大道院找到吳老師
我們請出他的冤親債主交代為何要取其命
原來是過去世被殺害案情不輕
糾纏到今世討報

有請多位菩薩調解
終於勸退和解
多年折磨不再恍如隔世
夫人為家計奔波竟鞠躬盡瘁
人生悲歡離合恩怨情仇
生生世世上演
大家珍惜緣分善待彼此

臨危不亂

1993年阿隆和上海市政府
簽約立項
拆掉虹橋開發區芙蓉江路東側
整條路打掉
蓋台商電子一條街
簽完約當晚
他們做東設宴慶功
很好奇我是如何創業的
我說是家鄉開農宮神農大帝

傳遞訊息要我創業
有些事要透過我去完成
無神論的他們追問究竟
阿隆講
人出生前
生到死
人死誰來接引轉世
其中外經貿委鄔主任問死亡過程
無信仰的由親人接引
有信仰的諸天神聖來接引
大限接近
心懷感恩
感謝所有陪伴你的親友或仇人
放下所有恩怨好聚好善
2個月後再到上海視察工地
聽他們說鄔主任逝世了
他得癌末期
和氣熱心的鄔主任
感謝您為兩岸民間交流的付出
當時各地見到的官員都致力建設

老師與業師

夏漢民老師當
系主任
高雄工專校長
教育部技職司司長
教育部次長
成大校長
國科會主委
政務委員
NII協進會董事長
阿隆常被夏老師邀請
認識他的一級主管
多向他們學習
由於貼身近觀
從他身上學到為人處世的要領
他辭官後
阿隆當執行長協助創辦NII產業協進會
夏老師當董事長
張忠謀先生

施振榮先生
葉國一先生
和阿隆當董事
那時夏老師陸續捐出家產給教會
阿隆陪他搭機出差
他利用候機時間在機場
逐一向旅客遞送基督福音手札
傳道態度十分真誠

30年前業師全友許董事長
精修佛法
帶阿隆和副總到埔里慈光山地藏院皈依
和住持大願法師夜語長談
大願法師說每天四點都要做早課
若睡懶覺逾時會被菩薩叫醒
山林鳥禽會在寺院屋頂排穢物
趕不走
後來貼公告懇請鳥施主一起護持就沒這些困擾
出家人不是一般人所想
都是遭到很大挫折才遁入佛門

業師人生閱歷極為豐富
投資多元化培育許多人才
阿隆受益良好

萬物皆有靈

那年有來靈借三才之身
長跪殿堂前不語
不開口我們無法進行濟世服務
只好請慈悲的聖者借另一三才
祂說來靈有三
頭被砍掉
我們告訴來靈
被砍的是肉身
靈體是完好的
你可以開口說話
原來他們是三棵長在台灣深山千年的大樹
被人鋸倒而到大明山見證堂申冤

生命如花
花開花謝演示在世一生榮枯
我們繁榮志工就是人間縮影
天真無邪的快樂童年
認真讀書的學生階段
努力謀生的奮鬥歲月
傳宗接代的繁衍使命
濟弱扶傾的公益奉獻
我們因緣分而在一起
病我們都有
動手術治療都在進行
在勇敢走完這一生
我們逆來順受
互相勉勵
今日快樂行善
來日天國歡聚

輯三

Race Prosperity

阿隆一家

曾經20多年每月全家上山修道，聽吳老師上四書五經，與諸天神聖跨時空交流

不速貴客

阿隆家不夠大百坪
曾來過許多不速之客
四個孩子到國外遊歷回來
逐一自己報到
嘟嘟在台大工學院城鄉所讀碩士班時
第一次到歐洲跟回來的貴客有中世紀的貴族
也有教宗
龍龍圓圓由科博館長陪同一起智利參加愛因斯坦年全球青年科學家物理科展
回家後也跟來一群不同時代的貴客
彼此打過照面後都送回他們各自的時空
透過圓圓西班牙語原文對話幸好有翻譯機能讓他們說我們的語言
這輩子遇到寫不完的神奇軼事
阿隆知道多數人不相信
因為各位是愛心志工
知道我是無取無求的人
不傳教不從政一心和大家行善做公益

讓大家知道你們的信仰都是真有其神
世界真有靈界
財富都是天賜讓你造福人間
而不是迷戀貪圖享受的
現在風光的都是享受以前存下的福分
不再好好做人助人
後福路自斷悔恨莫及

發光

圓圓龍龍姊弟
國際科展物理組第二名
代表中華民國參加
智利舉辦的紀念愛因斯坦百年
全球青年科學家物理科展
盛會中各國代表才藝表演
龍龍圓圓表演舞蹈
從沒學過芭蕾舞的圓圓
竟然展現超水準的專業演出

龍龍很困惑
回台灣後
阿隆感覺又有貴客跟他們回家
上次嘟嘟去義大利把教皇都帶回家
於是阿隆載著一家人上山
吳老師請跟著來台的無形現身
第一位講西班牙語
志工黃照松曾上過西班牙語課
也和來靈打招呼
吳老師說請用三才的語言講話
告訴我你是誰為何跟來台灣
她說百年前她是貴族之女
喜好舞蹈藝術
發現兩個頭上發光的人
他們跳舞我驚喜居然能進入她的體內
於是高興得手舞足蹈
跟在她身邊遊覽
吳老師說妳證明妳說
於是她就用圓圓身體
表演極美妙的芭蕾舞

最後還以一字馬劈腿
我們全家人驚叫
慘了圓圓會痛好幾天
吳老師說妳滿足好奇心應該回家去
她表示不知如何回去
吳老師說我請千手千眼觀音菩薩送妳回智利

接著吳老師說還有來靈請現身
來靈發出奇怪聽不懂的聲音
吳老師問你不是人是什麼
我給你萬用語言翻譯器
請說聽得懂的話
來靈說我在大洋海底深處無數歲月
看到天上飛著兩個很亮的光點
於是好奇跟在他們身邊來到這裡
吳老師說你也應該回去了
來靈也被送回去
故事持續發生
阿隆全家人常有貴客出入
光明磊落善待來靈

15年前

阿隆嫁嘟嘟
在海拔800公尺
南投中寮大明山白陽大道院
辦歸寧宴
200多人開車上山
10多輛車子迷路
幸好最後都趕來
成大教授們來2桌
散席後
阿隆覺得身體往上飄
大家找血壓計測不出血壓
以為壞掉
再找第2具也量不出
第3具也是
吳老師察覺有狀況
請千手千眼觀世音菩薩現身
菩薩說是一群貴客魚貫從山下
送禮來喝喜酒

老師請帶頭的出面說明來意
祂說我們都是道長累世收服的精靈
今天王家辦喜事
我們抬禮物來向道長恭喜
道長今世法力退步很多
熱鬧夠了
我們就下山回去
道長保重
後會有期

然後阿隆恢復正常
血壓計也都正常
菩薩稱我老友
阿隆何德何能

請問阿隆這些精靈，後來送了你什麼禮物？

報告瑩瑩姊
大明山上來了許多精神世界的貴客
中外歷史人物都有

住下來修行的不少
會出來跟我們對話
我們看不到
至於精靈送的禮物
也是看不到
都放在山上
精神世界的時空概念我不明白
我陸續記下自己今生發生的事
大家分享阿隆的故事
有上百位志工曾到大明山住過
30年前吳老師說我是來接他棒
20年後我拒絕
阿一小鳳嘟嘟選擇留山上修行
阿隆圓圓龍龍決定下山修行
殊途同歸都在濟世

末代王子

吳老師呼請龍龍身邊的靈現身
來靈向阿一叩首
說她是紂王王妃
她祈求阿一好好照顧她的兒子
他們母子戰亂中遇難
兒子每次轉世她都隨時在他身邊
請生育他的那一世母親
好好培養他
阿一聽了很感動
答應一定把龍龍栽培有成就
王妃頻頻道謝
數千年來出將入相
現代以技術造福世界
不必當什麼帝王

靈童

放暑假
國一當班長每科成績都90分以上國二進資優班
今天嘟嘟帶小海妞來圓圓家住一星期當獎勵
她將體驗台北藝文生活環境
做為音樂創作靈感
15年前在大明山見證堂300多位來自海內外同修
見到母娘身邊的靈童向鴻傑啟芳跪拜
說是從天宮來投胎當女兒
特來稟告今世父母
勞煩父母生養教助她完成天命
同修大感好奇
嘟嘟生下小海妞
許多同修去看她們母女
沒看過母娘看看靈童降生與一般人有何不同
好幾位醫生同修經常去觀察
阿隆也很好奇她如何改造這個世界
好友們都說阿隆家是神仙家庭
其實各位都是有來歷

操持人間權勢財富用於大道

推薦文學美食

常有志工到紀州庵參觀
今天嘟嘟安排在這提前過母親節
岳母阿一嘟嘟圓圓惟亮軒融
各吃了作家最喜愛的一道餐點
阿隆作媒保證2男1女的張世賢
帶著念國一的大兒子守謙
來相會
阿隆問世賢大明山芽社成員
生了多少孩子
這些都是帶天命下來的
要好好栽培
世賢問阿隆
孩子們都問他們有什麼天命
阿隆請他轉告孩子們
20歲前必須打好

為人處世待人接物的基本功
20歲以後選喜愛的領域
充實學識技術
上天會根據你的實力安排磨練
讓你去實踐賦予你的今世任務
幫助人脫離苦難過幸福人生

仙樂飄飄天上人間同享

阿隆最大的外孫映慈來人間前
在見證堂向鴻傑嘟嘟跪拜
說她是母娘身邊的靈兒
奉母娘之命來世間
恭請人間的父母助她完成天命
問她是男胎或女胎
她說是來當女兒
果然一年後生了女娃
幾百人第一次見證選父母投胎
在大家關注下映慈快樂成長

精通各種國樂樂器及鋼琴
一學就會
剛升國二
已自行創作樂曲

阿隆希望她能將天上仙樂帶來人間
撫慰世人心靈

被踢下來的

龍龍傳來圓圓與兒子的對話
非常有趣
軒融還在圓圓肚子裡
小鳳在杭州降魔伏妖決戰中
只見出現拿劍的小娃兒十分神勇
大喊大阿姨我來幫妳

以下是母子對話
數月以前和狗仔聊到前世，我就分享了自己小時候做的夢。

我：我夢到我跟龍龍舅舅住在一個很大的房子裡，房子在一個很高聳的懸崖邊，有著大廟般的屋頂。一天不知道是怎樣，我快掉下懸崖，只剩下一隻手抓著崖邊，這時舅舅出現了，我大喊救我，結果舅舅居然頭也不回的走了！外公外婆聽了笑說一定是我被踢下來投胎，舅舅見狀快閃（免得也一起被踢下來）。

狗仔露出有趣的表情。

晚上睡前，狗仔突然和我說……
狗仔：媽媽以前和龍龍舅舅住在大廟，然後媽媽先下來，龍龍舅舅再下來！
我：（愣了一下）喔喔你還記得啊XD嗯……那你之前住在哪啊？
狗仔：我在埃及在木乃伊

上，手上有拿劍喔！然後再到媽媽的肚子裡！
狗仔露出驕傲的表情。
看來之後要來趟埃及尋親（?）之旅XDDDD
狗仔對埃及真是情有獨鍾耶！
隨後狗仔又繼續說……
狗仔：所以妳肚子裡有木乃伊喔！
我：……喔好喔！呵呵XD

笑談因果

成大台北校友會長陳明智伉儷昨天喜宴坐一起
明智問我全家人都是帶天命來人間
阿隆點頭
其實您也是
我也是這40多年來
各種機緣遇到諸天神聖才明白人生輪迴的用意
都是性靈的淬鍊磨練
給你富貴權勢
讓你看透人性世態炎涼

給你貧困清寒
讓你出汙不染苦極甘來
都是成全性靈的修練
明智又問龍龍以前是歷史人物
阿隆靠近他說當笑話就好
透露曾經是誰
他又問你一定也是吧
千年前神卅最大寺廟的住持
太多施主捐獻建廟祈福佈施
今世以不同方式廣泛回報諸有緣
我不接受捐款就是後世還得回報
知恩圖報應該
助人不圖回報是修練

預感之靈驗

常有人問阿隆
怎麼前幾天才聽你說的
今天就發生

20年前與股王搭飛機到中部
拜會阿隆的老師（時年85歲）
老師誇讚她財庫滿溢
但出名在報紙頭條新聞時
就是事業破產時
她急切問如何挽救
老師說能救妳的人遠在天邊近在眼前
阿隆被拜託
引薦學弟（IBM總經理）進入她公司當總經理幫忙
可惜不聽阿隆勸導
二年不到兩人都離去
悲劇照預言所述發生了

我們腦子裡有個顯示器功能
可提前顯示某些時空的景物
有時會不經意告訴一些人
他們對阿隆產生好奇
在有些演講場合
會分享啟動腦中電視機制

預感

兩岸多位領袖級人物
阿隆一握手
若有感應會脫口恭喜近期會榮升
幾週前我就告訴親朋好友
成大經過四十年才再主辦全國大專運動會加上慶賀成
大創校90週年
說我會跑聖火
只是不知是第一棒還是最後一棒
每人都笑阿隆做白日夢
剛剛接到成大學務長林麗娟博士電話
盛邀阿隆4月19日回台南
蘇慧貞校長點燃聖火
阿隆接聖火跑第一棒
然後聖火將跑完全台灣一圈
回到成大

握手

說也奇妙
兩岸好多人跟阿隆握手時
阿隆若脫口說恭喜
不久後
都升官
昨天在聯合大學
侯帝光副校長跟阿隆緊握著手
幾位院長笑說副校長要升校長了
果然今天四位候選人決選
產生侯帝光新校長
大家見證阿隆的傳奇故事又多一件

@王興隆 王董事長，您幫我們挑選了一位年輕有才的聯大校長！上次王董事長握了成大校長的手！現在又握了新任聯大校長的手，真的是幸運之握！侯副校長今天真的順利當選聯大校長了！很神奇！

選前10天競選布旗變亮

送圓圓去再興小學上課
她發現三個市長候選人的競選布旗
有一個人的開始變亮
我心理有數
果然同學當選
阿扁市長找了陳朝威，陳再來當北捷的董事長常務董事
他們分別是我在革實的同學和成大的學長
才有找到阿隆去北捷當董事
出面召集全台三十位博士專家
以成大工程科學系教授系友為班底加上洪英輝教授好友
阿隆電腦同業企業家
和北捷同仁們將士用命
成功搶救捷運危機
回顧整體都是無數小個體環環相扣串成的
造福社稷都是大家的功勞

摸底

祝總家在無錫曾是一家國企老總
過來幫我規劃監管張江高新技術開發區數萬坪廠房的設計建築項目
他為人正派認真
我信任他
他生病回無錫養病
我帶專案團隊6人
下雪天開車去探病
才知道腦長瘤
他猶豫要不要到北京武警總院開刀
我安慰他放心去北京
用雙手示意頭頂蓋取下摘除腫瘤手術會很順利
我回台灣10天後飛回上海
隔天趕到北京
他手術成功
他和家人都感謝我
還說醫師說明如何打開等手術作業竟然如我所演示的手勢相同

他感激我說
在國企做事若有空降人事
有關的上司屬下都在摸他的底
好清楚此人背景、實力、喜好
王董是沒話說的大好人
沒架子尊重我們每人
我告訴龍龍
你去吉利控股總部
許多人也會對你摸底
你光明磊落真誠待人就是
這是老爸的經驗

輯四

Race Prosperity

顯化

孫悟空收徒

我在花蓮和台東服兵役，花蓮服役的地方就在機場的對面，旁邊是軍醫院。東部有很多兵，各個原住民部落都有，我們專門訓練新兵，接新兵後我開始有獨立的排長小房間。很神奇，每一期都會有一兩個來敲門。

預官替士兵們上課時，有個兵跑來告訴我，醫官的肝不好，他的肝是黑色的。然後怎樣怎樣……我說：「你眼睛可以看得到喔？透視的，而且是彩色的。」「我不騙你的呀！」

另外一個兵猴拳打得很好，簡直就像猴子一樣，我請他出來打給全連的新兵看，他的拳打得非常漂亮。晚上他跑到我房間來，我就問他：「你的師父是誰？」我想說也來拜師學藝一下。他說：「你不要笑。」我問：「為什麼叫我不要笑？」「我的師父是孫悟空。」我問他：「孫悟空不是神話故事裡面的嗎？」「我就知道你在笑我。」

他告訴我：「有一天晚上看到孫悟空對我說，我要收你當徒弟。我說我不要，沒想到孫悟空把棒子拿出來就往我身上打……」他被打得哀哀叫，白天起來跟父母申訴，父母打他更兇：「半夜不睡覺，跑去跟人家打架。」他身上真的是一條條的瘀青。最後他不堪三天的折磨只好答應。

我問他：「你答應以後發生什麼事？」他說：「孫悟空就帶他從二樓跳到一樓，然後跑到荒郊野外，開始教他打猴拳。」「你猴拳這樣就學會了喔？」「對！但學會了以後很糟糕，只要到廟裡，就像起乩一樣，就開始在廟庭打一陣猴拳，打完了以後就趴在地上。算是一種顯靈。」

很多不同的宗教信仰，都有顯化期：耶穌基督有耶穌基督那個時期的；其他各個寺廟興的時候，乩童就很興盛，還有許多靈異的事件發生，那叫「顯化時期」，會得到信徒的信仰和力量。過了以後，就都回歸正常的教化、上課，或者是教你唸經、讀經。

牧龍者

施兄與我大約同時期修道
他去年往生了

他看似壯碩實則身體虛弱
時而能工作時而須休養幾個月
困擾許久才經其嫂子介紹到山上修道並了解原因
一晚他在家
他太太看到門口有強光射入家中
開門看究竟發生什麼事
沒想到看到一條金光耀眼的金龍
瞬間此龍衝進屋子消失無影
她先生身體十分難受
早晨連忙從台北搭車到南投山上問究竟
阿隆協助請出金龍現身
原來牠附在大陸最有權勢者身上助其神力
昨日此人身亡龍找牧龍者報到
等有機緣之人出生再前去相助
金龍表示牠們有很多散佈不同空間各種顏色都有
世界各地亙古以來助有緣者統治大小地域
人命不長牠們每隔一段時間就可自主遨遊天地
直到接有新的任務
說來有意思
那一天以後

他就陸續帶各種龍上山
每次就知道又有一位名人過世
龍門客棧幾乎龍滿為患

搭便車（三）

某年各扶輪社在鴻禧山莊舉行盛大的聯合年會
邀請某知名年輕女星象師演講
用餐後公司有事提前回台北
她在大門處招手問我能否搭便車
上我車後
我告訴她幫人算命很好
但要保護自己
有些人吃苦受難是有無形在討報
妳壞了無形的好事
會牽怒於妳
反而糾纏妳
讓妳常發生意外的傷害
她說難怪她有時莫名其妙受傷

我說妳愈有名愈要提防
找她麻煩的無形愈多
送她回到北醫一帶她家
祝福她平安
三個月後看到電視新聞
某某安知名命相家自殺
吳老師法力高深
告訴阿隆
他承擔了許多人的因果
很痛苦
雖奉天命
但難免保護來人而得罪來靈

最不可能的也說對了

阿隆在跟上海市政府協商談判
打掉一條街蓋一整排台商電子一條街
幾回合下來最後簽下包租三年
66家進駐廠商三年內在上海、浦東、嘉定、崑山、蘇

州、吳江批地蓋工廠

在銀河賓館請來一位氣功協會女會長為大家調理

她對台北市電腦公會六位常務理事邊運氣調理邊講出

每人這兩年發生的大事

有些私人的事她都知道

大家都說準！

當她說阿隆會參與很大的交通事業

大家都說王董做軟體事業不可能去搞交通業

後來他們回台灣看到新聞報導阿隆代表台北市政府法人
受聘為台北捷運公司董事
科技顧問召集人
協同30位博士專家在公司同仁將士用命下
成功搶救法國馬特拉片面撤離的木柵線捷運危機
眾老友異口同聲說上海女會長真神奇！

顯化

從小
對人為何活在這世界想不通
到教堂到廟堂到佛寺到道場
聽佈道聽說法看過經典數十冊
自古神權與君權或合一或相輔相成
當這兩者要取得芸芸眾生信服
會有人神共辦的顯化階段
神奇玄妙的事蹟就在光天化日下顯現
令人稱奇進而起崇敬心
而信眾多了

就靠信眾口耳相傳
文字經典傳誦
顯化的目的達到就功成身退
聖經所記載耶穌為盲者復明為病患痊癒等等就是顯化階段事蹟
其他各大信仰中心也都在顯化階段大展神蹟
阿隆在老師80大壽認識到100歲歸天
老師擁有可以召喚古今中外聖賢各宗教的諸神
到才生身上與眾學子交流
博士，教授，法官，律師，醫生，企業家莫不敬佩古聖先賢歷代帝王將相博學多識
老師為了交棒給阿隆
子女為才生
後來阿隆看到有些靈遷怒老師制止它們做因果討報
讓老師進台大醫院住院多日
悟到好好做人就可
因果天律不應由人為或神通干預
反對繼續用才生來顯化
人要靠自己好好做人
有來討報過去因果就欣然接受吧！

背因果

追隨老師20多年
看到數以萬計的人接近他
我問他
為何這些人老是問同樣的事
他們根本不認為是自己的錯
您日夜幫他們調出因果處理陰陽糾纏
不如不幫
教導人心向善即可
老師最後幾年很苦
我到台大醫院探望他時
他說幫太多人背了因果
他現在虛弱了
那些因果轉向他討報
一生募了幾億建了五甲園地
辛苦了
我不認同幫人背因果
走自己的路
不接受捐款

來者一視同仁
自己的因果自己背
有錢沒錢自己的造化
不欺負人多幫助人

準備晚餐

阿一一早上山晚上返家
阿隆在家準備晚餐
她說今天播放吳老師生前某年母親節的上課影片
她沒聽過
阿隆尊敬吳老師後半生致力傳道授業解惑的奉獻
他人生奇遇真多
他說有一年訪日
在一位僑領家做客
女主人見到吳老師潸然淚下
男主人很訝異問原由
女主人說
以前我幫您洗過腳

能在今生重逢真幸運
後來知道您被釘上十字架
悲痛萬分
希望能有這份榮幸再幫您洗腳

吳老師幾十年不收費傳授
四書五經
學生各種宗教信仰都有
天主教基督教友不少
在廣場西側有高牆寫著
無為
兩大字
許多人問那是什麼涵義
這是出自老子道德經

金剛經四句偈相呼應
一切有為法
如夢幻泡影
如露亦如電
應做如是觀
https://youtu.be/CDb-nnQSLaA

輯五

Race Prosperity

文以啟道

前世今生

阿隆喜歡看故事書
欣賞許多人在世界的生命事蹟
中國歷代出現一千多位宰相
他們的傳記有三大冊
我在上海用一年的時間才看完
每個宰相真不簡單
聰明的人那麼多
政敵勾心鬥角
皇帝賢劣天威又不可測
能全身而退善終者太少了
年輕時看過世界偉人傳記
傳記文學出版的一系列民國百人傳
現在的阿隆是相信前世今生
往日的英雄豪傑
換了新面貌新身份
一起把酒問青天
大夥兒輪番上台盡情揮灑無數人生好戲
今天重逢要珍惜

人生拐點

每個人都是乘願降世
遇到事與願違
會心神不寧
若在這節骨眼上做了意外的抉擇背離此生使命
產生拐點誤入歧途
走入失控的人生
阿隆遇到許多貴人助緣
惠及全家人
自己有能力也當很多人的貴人
開啟光明的前程
這也是我樂於分享所見所聞所悟給面臨人生拐點
讓有緣人都圓滿完成此生大願

大家以為大願就是
賺大錢做大老闆當大官
這不是你的終極目標
而是你要去幫助成全他人
那些可有可無的

只是你的工具之一

人間能量不滅定律

一疊鈔票是有能量但是靜能
當張張鈔票用在人間變動能
給出有形的能
得到無形的德或業
出錢出力出善念都是釋出能量
能量留存人間循環
德與業隨靈轉世
消業靠積德
積德靠行善
幫認識的感恩舊情
幫不認識的是積德

無所不在

虔誠的信仰者
不論何種宗教
早就感受到全能的宇宙主宰無所不在
如何心心相印
一直是凡人超凡入聖的修練
人性自私自利
阻塞與大能契應的管道
若能昇華到利人利他
大能就與人同在
人的所思所為超凡入聖
無所不能

有人問道如何修

不論你信什麼教
信神真誠而不迷
老實做人

經典啟發智慧
經典不是用來讀用來研究而已
而是領悟後在生活中去做去更深入應證
道無形無相
萬物生發消逝皆道之顯化

禍福相依

阿隆告訴龍龍
要善待任何人
有些人一時不順
反而避開大禍
人生低潮反躬自省奮發精進
有人志得意滿不慎誤入歧途
好運來得太快不要得意忘形
應該戒慎恐懼謙恭處世
對人一視同仁不分別對待
益友將長相左右
以德服人

英才賢聚同心服務天下

〔孚知帝君醒心真經〕

https://search.app/VQa1JtL9vqF8bRBk7

光明磊落

阿隆對四個孩子交待

舉頭三尺有神明

寧可吃虧不佔人便宜

生財有道

不求人

人謗我自省之

有則改進無則問心無愧

親人如是相處

朋友亦如是

酒肉朋友不近

善良益友往來

不行善者敬而遠之

作惡多端自有天譴
時間考驗人性

做好這世主人

大家累世當過顯赫人物
也扮演不同身份
今世又是新面貌
順著良知良能做自己的主人
非份之作為自作自受
我們都是宇宙整體的一個體
善待每個小個體就是善待自己
你當過一朝帝王將相
有沒有遺憾
你現在幾百億身家
不如當時富有
這些財產是這個時空專屬
你帶不到其他時空
行善助人積累無形的福氣

助你來世有厚福庇佑

阿隆不接受捐款
靠自己微薄之能力助人
這是我拒絕接老師棒子的緣故
創辦繁榮社會企業股份有限公司
就用投資所得去行善
提供濟弱扶傾的公益福袋
以成本讓大家量力而為購買去行善
十多年來
志工出力組裝義舉讓阿隆感動萬分

與神有約

40多年前阿隆負責銷售大型空壓機給當時台北全縣市有工廠的企業
溝通談判簽約復盛公司接單備料排生產線
鑄造十多個工序
金屬大小部件加工又是好多製程

最後組裝測試再運到客戶工廠裝機驗收投入生產線供
應全廠壓縮空氣動力
這過程1到2個月我會邀客戶到復盛工廠參觀
找出他訂的幾百萬的大設備
讓他巡視生產線上的半成品
他們安裝使用時
阿隆主動被動會提供注意事項正確善用
隨時滿足他們的諮詢

人來這個世界之前
是靈兒向造物主下訂單
並親自巡視在某個子宮孕育的胎體
時候到了和到這人間的肉身合體
前半生造物主提供售後服務
後半生人要和造物主尋求維修保養的指導
靈敏的直接感應
其他都要借助外力
卜卦，上教堂，訪廟寺，祈禱
與造物主取得聯繫
人生一切體驗都透過生老病死以喜怒哀樂悲歡離合的

試煉
智者勇者不畏其苦不迷其樂
我們就像一大團的鴻喜菇
密密麻麻的小個體
系出同根
人生太奇妙了
阿隆談笑分享一二體悟
請志工們海涵
每人功德圓滿

以其人之道還治其人

萬物系出同源
你善待別人
不但你也受惠
同時平行世界的你也被善待
同理你做出損人壞人之言行
你和平行世界無數的你身受其苦其害

善待遇到的所有人

20多年幫助吳老師處理各種因果
有的諸天神聖來自無法理解的時空
來靈有史前人物
也有各朝代歷史人物
平民百姓
結下的國破家亡妻離子散的仇恨怨懟
穿越各朝代追討報復
以其人之道還治其人
每一生結下的恩怨情仇
都會在特定的時空重逢互相討報
有仇報仇
有恩報恩
這一生的呈現是累世所做所為的果報
別羨慕人家是富豪
累世好修為的善報
我們老是發生問題
都是我們習性未改明知故犯
引來宿仇討報

化解之道就是去惡為善
感動尋仇的冤親債主
放棄仇恨修善果超生去

https://kknews.cc/science/jmegx66.html

阻斷器

人都有如影隨行的無形
他們或是來報恩或是來討公道
在你面臨拐點時產生影響力
達成宿願
報恩的終究好事
報仇的就選在你極樂或激怒
精神失控時接替你的神識控制權
讓你做出匪夷所思光怪陸離的決策或行為鑄成名譽掃地財產盡失的慘況
在你情緒發作引發連鎖反應時
你若有阻斷器要記得拿出來用

而不被迫做出錯誤的決定
阻斷器可能是你心愛的人
最好的是你平日虔誠信仰的諸天神聖
你遇到心神不寧情緒高漲時
呼喊聖號助你救你
祂們都會挽救你
讓你不受傷害而能代天行道濟弱扶傾

靈與人VS人與蟻

人平常不會注意螞蟻
螞蟻看不到人
除非人很靠近螞蟻牠才有感覺

靈通常不會干涉人
人看不到靈
除非靈很靠近人他才有感覺

人只看到眼前發生的事

記得發生過的事
不知未來的遭遇

靈可同時看到你的過去現在未來
神靈接受你的真誠指名呼喚祈求
回應你所求
交流方式有好幾種
有直接感應
有透過媒介傳達
媒介有
靈媒口譯
扶鸞出字對話
有卜卦
有抽籤
來靈讓你抽到你問題的答案
有人凡事要神靈幫忙
神靈才不會理你
猛抽籤要抽到自己滿意
都是自欺欺人的行為沒意義
籤文警世當虛心省思

自己努力改進一段時間後
會看到自己有所精進成長

1988年帶團到杭州參訪岳王廟靈隱寺
老友們抽了籤都問阿隆解籤
阿隆笑道
各位自己都知道自己的處境
面臨的挑戰
克服的方案
抽籤只是多一道印證讓自己放心
靈隱寺用的是呂祖靈籤
用六十個歷史人物的人生際遇做樣本
神靈和你的靈性交流訊息
當局者迷
最怕排斥沒說你好話的籤文
失去反省機會
阿隆是不抽籤的
人生順逆都是無怨無悔

然後呢？

阿隆20多年在大明山和眾同修
協助吳老師處理許多人的因果
有達官顯貴有大企業家
也有平民百姓
再不可一世的人
都有苦不堪言的折磨
上天慈悲都會垂問
來者何求
聽完所求
官司訴訟
久病纏身
生意大虧
妻離子散
千奇百怪的遭遇
問題解決再求上天賜福升官發財
上天問升官發財然後呢？

上天不會幫你解決自己惹出的禍

除非你痛定思痛不再為私欲而造成困局

如果你真有懺悔之心
知道在人世沒善心善行才被考驗
你向上天祈福說然後一定痛改前非
濟弱扶傾行善做公益
你將否極泰來
若失信食言通常繼續受折磨

好多志工前往龍門廟
為私利祈福只是自我心安
天下為公
祈福是希望留有健康身體
為家人也為有緣人服務
必有善報

阿隆多年前不忍龍門廟100坪土地被拍賣
到南投法院標下
並誓言由阿隆的子孫保護土地公土地婆不再被拍賣

老同學李辰健曾建議阿隆企業家朋友上百人
大家集資幾億來蓋信仰中心
阿隆說時候未到
龍龍將來會做
大家的錢各自去行善才重要

多位祈福如願想奉獻
阿隆說不設功德箱
素果少許就好
龍門廟開放給大家自由行走
當地民眾都不認識阿隆
卻自動自發每天輪值清掃
最近大家集資會粉刷築欄
3月1日土地公生日
現場非常熱鬧
我們避開人潮3月2日再到

鬼比人守信用

在大明山協助調解因果
冤親債主找到仇家討報
痛苦不堪的人上山求助
我們都慈悲公允調解雙方
來靈不要人間有形物資
只要求仇家端正品行
革除惡劣害人積習
鬼很守信人平安
有的人一段時間後故態重萌
鬼見人不守信就直接索命
我們愛莫能助

阿隆熱心助人
錢財方面幫不上忙
但會以適當方式為人排難解紛
默默祈福指點迷津
讓親近阿隆的有緣人
自動棄惡揚善

對於那些無心自我改造者
我不再耗神幫忙

在我面前你們都是透明的

有人問阿隆
有做虧心事不敢去城隍廟
阿隆笑說
人非聖賢孰能無過
有過能改
善莫大焉
在神的面前
我們都是透明的
每個人的累世功過都在頭頂上的專屬屏幕顯示
今世好好做人
誠心懺悔一切都來得及
坦然請神賜福
心誠則靈
不論你的宗教信仰為何

都一樣適用

除非有天命

這篇分享給幾位正受苦的志工
相信阿隆講的話
祝福大家安渡此生

不必羨慕有特異能力的人
他們都負有服務凡人的任務
都先受過試煉才中選的
那是榮譽也是犧牲奉獻
他們代天行道
都是告誡受難者事出必有因
因在你自己種的
前幾世你犯下罪大惡極之案件
終於被苦主找到
要你受同樣的下場
這時有二個應對

第一個

坦然接受報應無怨無尤

如果你這世已照顧很多人做很多善事

來討報的靈找到這世的你已改成行善不作惡

會輕輕小懲而放過你

第二

如果你承諾痛改前世之非

今世好好做人做好事做公益

通常來靈會同意一個月不找你麻煩

讓你相信有這麼一回事

如果你以為騙成功而失信

來靈就加大討報威力

各宗教都面對這種受苦受難來求助者

神職人員都為來者祈福

大家辛苦了

累世功過總帳

人帶著累世總帳出生
這一世的修為
繼續受著我相人相眾生相壽者相產生的困惑留下新的紀錄
這一生過了
累世功過總帳增加一世紀錄
開悟者悟出
無我相無人相無眾生相無壽者相
超凡入聖
這一世去惡為善紀錄產生的影響力無邊無際無窮的大
一舉蓋過累世總帳
來人間修煉的目的圓滿達成

這是阿隆28年前在山上
對諸天神聖做的修行心得報告
獲得上天嘉勉從眉心賜福慧加持

論戰三日

道家儒家曾在大明山論戰三日
歷代諸子現身
不擅辯論的阿隆
都覺得他們說得很有道理
我都能接受
儒家之術外顯
道家涵養內斂
陰陽和諧中和
獨尊儒術強國樹敵
道法自然亦須自立自強避難
儒道同濟萬世開太平

https://youtu.be/k6ZE_ddwr5s?si=itPl6zukZYwKYN0A

附錄

Race Prosperity

志工日開講

全體志工大合照

志工日開講　時間：2025.02.15　地點：繁榮社會企業

年紀大的請找位子坐，現在還不是上課喔。

昨天情人節，我非常感動。我有說我前世一定很風流，所以這一世竟然跑來三個當我的女兒。小鳳昨天刻意從杭州飛回來跟我們過情人節，「感動不感動？」（大夥齊喊感動）不過真實的是，她飛回來不是為了過情人節。

我曾經講過在南投中寮大明山上我們家分成二派，我被趕下山，龍龍和圓圓忿忿不平，覺得爸爸被欺負了，所以他們也跟著下山。下山很開心的事就是開葷了（全場大笑），他們三個到現在還都吃素。今天本來阿一想要過來，我沒時間沒辦法回去載她。大明山同修的感情都很好，雖然我被師父趕下山，但是心中還是一直在祝福他們。

大明山上最近有位同修檢查出大腸癌末期，在台北醫學大學加護病房，已經處於臨終階段，身上插很多管子都不能講話了。小鳳有義，專程飛回來告訴他臨終過程要有什麼心理準備，靈如何回到大明山去和在那裡修行的神州古代先聖先賢一起上課、一起修行。那裡雖然只有五甲多地的山坡，但是那個時空很特別，秦始皇的大軍、武則天的大軍……都曾經過來駐紮修行好幾個月。

從這邊講起，我們有沒有看過活300歲、400歲、500歲……的？聽說有，像彭祖就活了800歲，但是大部分的人一段時間就會離開、時間到了就會離開，有些會提早有些會比較長，可是終究會離開。離開有沒有什麼可怕的？沒有，離開的都還在我們旁邊，只是我們看不到。

有一次我搭計程車，司機說：「先生，你身上很亮喔，你是什麼來歷？」我說：「你看到什麼？」他說他有能力可以看到人身邊的一些東西，他載過和尚、載過尼姑、載過一些在電視上講經說法很有名的人，他說：「你講什麼我聽不懂，但是我知道你身邊已經有兩個人跟著你。」講的人自己根本就不知道，看到的這位計程車司機跟我說：「我只會看到，我也沒有修什麼，很奇怪為什麼看到這些東西？」起先他也覺得沒什麼兩樣，看到的人就是那個樣子，後來他才知道，有的是不應該看得到的。

《人體內證觀察筆記》這本書，我請大家有興趣的自己去買，有些人有買，有看沒懂是正常的。你說我懂嗎？連那個作者本身也不懂，可是他把他看到的現象記錄下來。好多人很鐵齒，像我碰到的一些，也許他官做得很大、也許他錢賺得很多，他說：「王興隆，如果你能夠讓我看到神，我就相信；如果讓我看到耶穌的話，我就信基督教；如果看到阿彌陀佛的話，我就信佛教。」我就會跟他說：「你是誰呀？Nothing啦！你以為你那幾百億算什麼，要把你收回去就收回去了，你錢那麼多沒有好好用的話，很快就會把你收回去。」收回去的方式百百種，你想都想不到的，一個什麼風暴來了，大概整個企業全部都垮了，台灣也不要太高興，一個什麼大的局勢轉變的時候，現在賺很多錢的企業可能都倒成一片……我講的不一定會發生啦，但是都有可能，所以人間禍福真的是很難預料。

我們今天為什麼會聚在這個地方？求個心安，我們有緣分。不是說你今天做好事，今天你就得到好的報應，雖然我們是普普通通的人，但是像趙雄飛、像洪得耀以前都當過皇帝（大家驚呼連連），現在也不過跟我們一樣對不對？現在的富豪，以前當過乞丐呀……所以都不要羨慕，我們好好的把現在的角色做好。

因為我們有緣分，有一些心事會跟我吐露，我人生的經驗是很普通，但是在大明山廿年的經驗太豐富了。為什麼呢？因為吳老師他的鄉音很重，他講話大部分的人都聽不懂，我就會去幫忙，後來小鳳到大陸去念中醫博士之前，有三年在山上義務當老師的翻譯。

當吳老師跟他們講什麼、什麼事，吳老師年紀大了也會重聽，要忠實傳達不然會有誤會。來靈或者來的神仙、菩薩、或者歷代的羅馬教皇……都有來，他們講的話吳老師有時候會問我、會問其他人，到底在講什麼？然後他才有辦法從中去調配然後去詢問。但是有的靈說出來的話你聽不懂，有的講的是西班牙文、有的講法文……我也不懂呀，要有同修正好有修過那種語文就能夠自告奮勇出來幫忙做翻譯。後來吳老師不曉得從哪裡提早發現像DeepSeek的神器，「我給你萬用翻譯器，你開口就直接講我們的話。」好厲害，不管是哪一國的，所以那個發明雖然是無形的，但是在現實世界隔一段時間總是會出來的。

各位看這兩本書如果你很感興趣的話，就去用我剛講的現在很好用的那個DeepSeek，名詞你一直問它，它就一直跟你回答、跟你提供。所謂學問就是這樣，你知道你就不怕，你不知道的話，人家講什麼你就不知道他的涵義；所以有興趣你再去下功夫。

我跟大家講過，我以前是過目不忘被老師認為有機會去考狀元的，老天爺不希望我日子那麼好過，摔個腦震盪以後背都背不起來。我大學聯考國文、三民主義人家都考八、九十分，我考六十分而已，因為東西背不起來呀，但物理是用理解的，我就有辦法和洪得耀、和周慶康一樣，我不曉得他們考多少分啦，我是考95分。所以念書的好壞和你後面的人生，如何做人、如何處事沒有什麼關係，甚至可以說完全沒關係。

書裡面講的，你有興趣你去深入，很有趣，那真的很有趣。廿八星宿，哪個星宿是什麼形狀的古人都畫得出來，現在是要有哈佛望遠鏡、韋伯望遠鏡才能夠去看清楚；古人他們怎麼看得到那麼遠的？他們就是用「內證」。內證是怎麼回事？我不會內證，所以你們有興趣，你們就好好去Study，像古時候留下來的書，你按照它的步驟去練的話，會練出一些名堂來。

以前經濟部長王志剛，他是我同學，他講過一個海關的部屬，拿了一本仙書看得出神看出了興趣，就按照上面寫的：第幾天要練什麼、第幾天要練什麼……，他在練什麼，練「元神」，書裡面有寫練到什麼地步會出現什麼現象，現象一產生的時候他也做筆記，趕快跟他太太說：「我練到這邊，真的耶！跟書上講的一樣。」他太太怕他發生意外都會去觀察他。他慢慢地練，等他看到再練下去元神可能會從他身上不曉得什麼地方跳出來、大小會長什麼樣子……他練一練果然蹦的一個長著鬍渣跟他有點像的坐在他的桌上，看他抓抓頭一副我怎麼會跑到這裡來的樣子，隔沒多久又跳回去了。接下還說他可以靈魂出竅，練得果然會了。王志剛就對他說：「你講這些我實在是無法理解。」他說：「今天早上我回家了一趟。」「早上我們不是都在一起嗎？你怎麼回家？」「我家裡燒開水好像沒關，我就跑回去（他的靈跑回去），還好！沒有燒開水，只是不放心跑回去看一下。」他的靈沒辦法去做那些動作，他只是去確定，確定了以後如果需要的話再打電話請人幫忙。

這個事王志剛看不到，我們也看不到，聽了也看不到，但是我就告訴大家，如果你很鐵齒說這些事情我也都不相信，那是個人的自由。

這兩本書上下冊看下來，我只總結很簡單的，你只要正常作息，把前輩、歷代祖宗他們的經驗，他們一定有遇過，要幾點起床、該吃飯的時候吃飯、什麼時候休息。你記得，休息的時候不是你在休息，你休息的時候是老天爺從很遠的地方，就像書裡面寫的——那個氣、那個物質，它化成那個形狀進到你身體，從哪個地方進去都寫得很清楚，然後在你的身體去運行。

你不相信你就享受不到，你如果相信的話，你就會覺得，對喔，我晚上睡覺的時候，奇怪，有一陣子也許你太太會跟你講，或者你先生會跟你說，你怎麼突然呼吸好像很喘的樣子？其實它是在增加你體內的氣血循環，還有一些物質的交換，從那麼遠的星宿瞬間就把你需要的稀有物質補充了。

所以照那個書裡面寫的古人養生之道，那些養生你們看了以後就要記得，不要背逆了。這100多年來因為工商經濟越來越發達，以至於好多人那種享受，還有一些生活過得比較放蕩，背離了所謂的養生、修養。那個書告訴我們，你要修，修什麼？修道德方面的，你要修你的心，這樣的話你才有辦法讓你的身體過比較有規律的生活，你才不會自作自受，吃了不應該吃的東西，身上囤積了一些有害的物質，你也化解不了。

好多人問我生病要不要看病，當然要看病，因為不全是因果找你麻煩，很多都是你自己造成的。如果醫生盡了力看了，奇怪，你都好好的，這才有可能是因果病。如果是因果病的話，你也很難碰到有人把你的因果調出來。

為什麼基督教、為什麼有些宗教，說你身上帶有罪，你前幾世一定是做了些什麼不好的事情，你不知道呀，不管怎麼樣你就懺悔呀，懺悔你過去對不起人家，人家找到你了，跟你討報，整你一下，也許以前你挖了人家身上一個洞，這一世你生病這裡也需要接受挖一個洞，他只是假借著外科醫師的手報仇一下，但是他不會要你的命，除非你殺光他們全家，他也讓你全家雞犬不寧，像這種怎麼化解？處罰還是會被處罰，只能說這一生我要好好的做人，把以前累世的積習，我們現在有的人個性很鮮明很有脾氣很有個性，可能就是你前世帶來的，像羅隆禮過去是大將軍，不知道斬過多少人，你很有威喔，只要那些妖魔鬼怪在你面前，你一吆喝就全部都被你打散掉。

但是這一世我們來就好好修，讓自己變成一個符合古代聖人、符合孔子告訴我們的，朝著這個目標來做，我們能夠做多少就做多少，我們能夠做一點，就表示我們有往修的方面——往修心修行的方面來做。這點知道的人其實不多，但是不管怎麼樣你就是去做，做很簡單，做就在上面寫得很清楚，你慢慢去做，你的性情、你的習氣就會慢慢慢慢變化過來。

今天講這些，可能會讓一些人失望。書裡面提到的像易經，雖然我曾經到義守大學去幫他們上過易經的課，那個時候因為是教書上課，所以一定要教很多術語，然後怎麼弄？我們現在年紀這麼大，我記性也不好，所以各位現在這個年紀除非你很有興趣，否則你只要大致上知道就好了。

廿八星宿，你不用去背每一個星宿的名字，你只要知道東南西北，北是玄武、南是朱雀、西是白虎、東是青龍；中間是屬土、西方是金、東方是木、北方是水、南方是火。至少這些基本的你能夠清楚，後面的展開來都有它的脈絡。

希望大家各有精進，不見得要去看，只要你好好規規矩矩的做人，走路就不會摔倒，不會遭受痛苦。今天我為什麼要叫大家帶戴口罩，有些人身體不舒服，我就請他們在家好好的休息。一樣，人多的地方，你在那裡就要有所自我保護，不要太掉以輕心。

你在幫別人解決困難的時候，心裡頭要跟他身邊的，也許你看不到，身邊那些有因果的，你跟他說，很抱歉我是幫我的朋友不是針對你們，我是讓他脫離這些短暫的痛苦，後面如果他沒有改變習性的話，要討報隨你了，你不要去攔人家的因果。

甚至有人問我：「王興隆，你會不會驅鬼？」我們企家班和台大EMBA班還有交大的，因為我們念的時候，這些當老闆的為什麼會當老闆？就是在學校不愛念書，也出不了國，但是頭腦還不錯，所以就自己做小生意慢慢來的。要我們去考研究所，考不上的，所以像政大企家班就有一個好處，比誰當過什麼工會理事長的第一優先選，每一次都是兩、三百人申請，選卅位，我很幸運一選就被選上了。

我們念完了以後沒有正式文憑，學校很好意跟美國的大學講好，說我們這幾個學校沒有畢業證書的這些去你們那邊，我們有上過的課就不要上了，等學分補到你們的標準，就請頒發你們MBA的證書。所以我們就去了兩年，都是利用暑假寒假。

我們就借住他們學校醫院的附屬旅館（是讓病患家屬住的，我們向他們要求整排的來住）。有一次剛到的時候，第一個晚上我正在睡覺，某某上市公司的老闆就敲我的房門，叫我「神農大帝」（因為我創業的故事他們都知道，那時候聯合報、聯合晚報都當頭條新聞），他說：「幫忙幫忙 。」我問：「幫什麼忙？」「我一躺下來的時候，有個黑黑的女鬼壓到我身上。」我說你豔福不淺喔，他說：「你不要開玩笑，好可怕好可怕！」「你看得到呀？」「我還可以感受到她的重量呀！」（大家聽了哈哈大笑），他就拉著我過去，我說好吧好吧，然後就看一看，角落幫他處理一下……他看我處理完了就問：「她走了沒有？」我說：「放心好了，她不會進來了。」他就又恢復大老闆很神氣的樣子，那天晚上就睡得很好。其實我根本不會呀（全場大笑），但是我必需要那樣做，因為他對我很有信心，到現在他還很崇拜我，沒辦法，我說是假的他都不相信，因為你相信我，我只好讓你相信、讓你心安。

各位也是一樣，你們有些什麼問題的話，我看到我理解的，我就用你能夠理解的方法跟你講，你們家裡不和睦，我就告訴你們，因為這個當中絕對不是你們的祖先在打擾你們，是你們兩位互相誤會，該怎麼做我會講，這是因人而異。所以我都會跟他們講，你們看，我們裡面標準夫妻好幾對，我常喜歡舉洪得耀和郭杏元、張明生和陶自強、陳金桂和我們馬姊……這些都是榜樣，只要看看他們，然後夫妻的個性稍微修正一下，幸福美滿的家就會在一起。

今天拉拉雜雜講這麼多，等等有聯米，也就是中興米的莊董事長送各位的米餅。今天新來的人你要拿一瓶紀念酒，鳳蘭說賣豆漿的聽說她在做好事就捐了1000元，送一瓶給他……領這個要念「禮運大同篇」，我們陪他一起念好不好？你帶領三位小朋友一起唸，抬頭看，上面字很大喔。

禮運大同篇

大道之行也，天下為公。選賢與能，講信修睦。故人不獨親其親，不獨子其子；使老有所終，壯所有用，幼有所長，矜、寡、孤、獨、廢疾者，皆有所養；男有分，女有歸。貨物其棄於地也，不必藏於己；力惡其不出於身者，不必為己。是故謀閉而不興，盜竊亂賊而不作。故外戶而不閉，是謂大同。

好，謝謝大家。

附錄

Race Prosperity

聖凡兼修

講題：聖凡兼修　時間：2023.02.25　地點：綠農健康鋪

李秉宏：

同學、校友、股友、還有我的鄰居、還有我們氣功協會的一些好朋友，大家齊聚一堂，我覺得今天室內的溫度突然提高了5度。很難得可以聚在一起，我們都是有緣人，要相當有緣才可以聚集在這個地方，我們綠農健康鋪只是一個平台而已，能在這裡跟大家結緣相當開心，我們現在就把時間留給王董。我們歡迎他。

王董事長：

三哥、張校長、艾校長，還有各位我們成大校友會的會長，還有今天來聽的貴賓，大家早！今天我們都被李三哥的美食吸引過來了。

我介紹一下，我們志工進進出出的大約有1000多位左右，每一次大家都是來當義工，今天的演講，幫我做助理工作的是文編組趙德玉小姐，這些簡報就是她幫忙做的。平常我事情做了就忘掉，這次透過她有系統的整理，看了以後，覺得好像我問心無愧了。

三哥他找我來演講，我想他的朋友都是德高望重的社會賢達之士，以前的演講大概不管用了，所以我就講「聖凡兼修」，這個題目讓你們看不懂、聽不懂，就會很好奇地聽我講。

下圖是我們在12月24日喬遷；右頁圖是我們在舊辦公司，一個很窄的空間，服務了五年到六年，也很感恩。我們房東說：「我不曉得我們的房子現在漲價

漲那麼高，我想要賣掉，你們去換個辦公室吧。」我想既然是這樣就開始找辦公室，那也非常謝謝他。

我想說最近房子不那麼好賣，房東還是每個月要靠租金，因此我就慢慢的找。他發現我慢慢找就說：「你怎麼還沒有搬走？」我說：「我怕你租金沒收到，房子不曉得多久才賣得出去。」他說：「反正你就先搬了。」我就繼續找，找到我們現在的辦公室，這個辦公室還蠻不錯的，因此喬遷的時候，有這麼多

的志工來。

這當中不得不感謝三哥，他開了一輛大卡車來，他有大、中、小三種車子樣樣俱全。他跟我打包票說：「王學長，你那個舊辦公室我看了，只要兩車就好了。」結果早上開始搬，搬到下午5點所有幫忙的志工都說力氣用盡，他也說他沒有力氣了，估計還需要二車。我趕快打電話，那些搬家公司都很熱心：「好好好，我們自己人，但是要一個禮拜以後才可以。」我說我現在就要，他們都回說沒辦法。

大家一聽到沒辦法，三哥說：「好，我們充電好了。」才休息半個小時而已每個人又都振作了起來。搬好以後大家還把房間洗得好乾淨，真的像新的一樣，我們就交還給房東了。結果房東覺得好可惜，房子真的很難賣。我覺得很不解，他為什麼要催我們搬，這樣他少收了四個月的租金，後面可能還會有12個月的租金再少收，因為現在的大環境對買賣不動產是有干擾的。

這裡面的志工是那天出現的，有一百六十幾人，又要感謝我們李三哥。這些志工到現在我都還沒有付過他們薪水，六、七年來，包括我自己也沒有領薪水，

我們都歡喜甘願所以做得很開心。裡頭有的在Line裡面論戰，有統方的、有獨方的、有佛教的、有道教的……慢慢大家看到阿隆沒有偏袒都很中立，我告訴大家：「我們有共同的交集就是愛心，其他的我們都尊重。講愛心的地方，我們就不要把社會上既有的堅持的信仰摻雜在一起。」「行！行！我知道。」前陣子明明兩個人在Line上面筆戰弄得面紅耳赤，現在暫時拋開就在做公益。所以來到這裡工作大家都非常的開心。

禮運大同

創立繁榮社會企業的時候，因為我們不是宗教也無關政治，我找來找去，要找一個很中性的，突然想到小時候大家會唱的一首歌，「大道之行也 天下為公」。我們的公益福袋上面的大貼布也是禮運大同篇，我那時候也不曉得怎麼想到的，六、七年前就是做那樣子的一個設計。新辦公室有一面牆，當我在思考這面牆怎麼處理時，腦中就浮現可以把這一篇放在這裡。

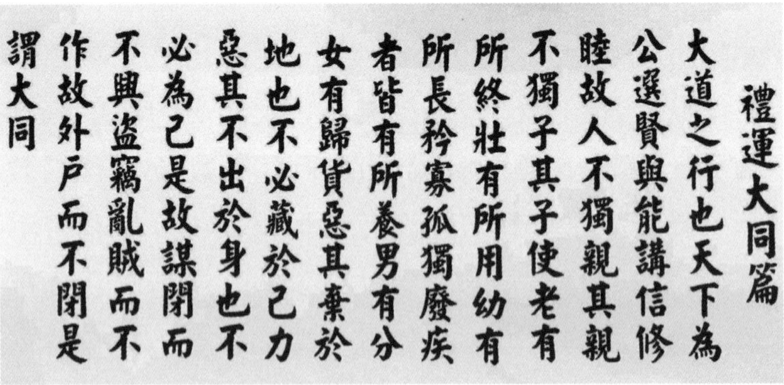
禮運大同篇
大道之行也天下為公選賢與能講信修睦故人不獨親其親不獨子其子使老有所終壯有所用幼有所長矜寡孤獨廢疾者皆有所養男有分女有歸貨惡其棄於地也不必藏於己力惡其不出於身也不必為己是故謀閉而不興盜竊亂賊而不作故外戶而不閉是謂大同

各位等等回去的時候，我這邊有名片上面沒有名字也沒有電話只寫一個「志工」。各位拿回去希望你心中就想著：「我也是志工」。名字寫在這裡、你的手機可以寫在這裡，後面就是禮運大同篇。這篇唸起來，跟宗教無關、跟政治也無關，它算是我們人性所嚮往的，可以簡單稱為「大同世界」。

十的十次方

2500多年前的那種時空環境，你這個地方也許實施仁政，做得很好，但是別的地方不曉得他到底是怎麼做的，因為訊息傳遞的影響，甚至到100多年前都還很難實現。現在網絡資訊和大眾傳播這麼發達，一些好的理念、一些對人類社會幸福美滿願景的勾勒，就很容易互相傳遞。

我心中在想：每一次我的行為，我做出來或者我講出來，有十個人聽到覺得有道理、覺得很感動，他又跟他的十個好朋友再去分享，一傳十、十傳百，十的十次方就是100億。整個地球的人口也不過70億上下左右；以後時代更進步的時候，一些好的理念，大家覺得這個還蠻不錯的，傳遞開來的速度會更快。

「禮運大同篇」這樣的理念以前大家把它當作是要念書要考試，念起來不怎麼感動；現在我們確實去做，然後發現實在是可以感動我們自己，也可以感動別人。

單親媽媽

我們默默的在做，為什麼選「單親媽媽」這個主題？是因為有好多父母結了婚、孩子也生了，最可憐的就是這位媽媽本來還有一些工作在做，先生也許生病、早過世、也許不曉得犯了什麼法規被關了……家裡的經濟重擔就落在一個婦道人家的身上。她本來還有在兼差，做什麼工作的一些收入，變成她要照顧小孩，只能去打零工，必須教養孩子到他們能去謀生。

我們不是那種很富有的，但是知道有那個機會，我們都能送上一包一萬元的紅包。這一萬元交到他們手上，我從來都不親自交的，因為這些可憐而辛苦的單親媽媽，都是我們志工去發掘的。個案報來，我們有這個錢的時候，就把紅包交給志工代表慰問她。

人是很堅強很有潛力的，最怕就是她感覺到這個世界好像幾乎沒有希望，當她放棄了自己後面就都沒有機會了。如果在她很辛苦的當下，你給她一份關懷，她會覺得冥冥之中好像上天知道我很辛苦，自己也要更振作。實際上只要她振作起來就不覺得苦，這樣的話，一個人得救她的孩子也同樣得救。

愛心志工

我們志工大部分我都不認識，都是大家互相介紹過來的。每一次活動結束，最後一個離開的總是一位很可愛的女生，我觀察了半年、一年，我很少過問志工個人的私事，後來才知道她不是小女孩，她有一對雙胞胎兒子念高中，五、六歲的時候父母突然去世沒有人照顧，她得到很多貴人的贊助、幫忙，讓她有機會接受教育，沒有走偏，到最後她能夠跟一般常人一樣，擁有自己的家庭。

她沒有娘家，就把我們這裡當做她的娘家。聽她那麼一講，我的哭點是很低的，我小學的時候，老師在上音樂課教大家唱歌明明很開心，就看到一個人一直在掉眼淚，老師就問：「王興隆你在哭什麼？」我說：「這首歌好感動、好好聽喔！」唱得痛哭流涕，這個是我的特性。

你看，在這裡每個人都充滿笑容。這位是捷運公司的趙副總經理，麾下管理好幾千人，捷運關係到人命不能出差錯，他治軍是很嚴謹的；後來公司分出一些分公司到大陸去指導他們各個地區的捷運系統，他當時擔任投資公司的董事長。捷運公司好多同仁都是我們的志工，他們看到以前很嚴格一絲不苟的副總經理，居然在這裡非常平易近人，願意做任何低下的事情，他們都覺得不可思議。趙副總是佛教徒，他通常星期天都到法鼓山的天南寺除草，或是到廚房去幫

人家打菜……

羅隆禮，我們成大的學弟，他是橄欖球校隊的隊長，橄欖球都是成大和台大在拚的，那一屆他們拿到全台灣省橄欖球賽的冠軍。我們李文正學長一直在點頭，他也是橄欖球隊的健將。羅隆禮是基督徒，這是他太太；這是曾鳳蘭老師，也是基督徒、這邊有佛教徒……我們這裡各種宗教都有，光譜就像彩虹，每一種顏色都有。

奇怪！我還沒有講到主題耶……OK！現在開始講了：

原靈哭泣，只因這一世，不知能否不辱天命

這是好久以前的事了，我在明德樂園國際中心演講。人世間的事情，比如說從今天回顧以前，每個人都經過好多好多世的串連、串連、串連……才有到今天，各位才撥出時間在這邊聽我講故事。只要有一個地方不

一樣，今天人的組合就不一樣，那個就各位去體會。

有好多事情是以前雖然有感受到，但是講不出來，隨著時代的進步，這就牽涉到我剛剛在講的「量子糾纏」，可能你的一個起心動念，同時在某一個時空，那個可能就實現了，就是照著你的起心動念去走。這個宇宙空間以前我們都以為哪有可能？現在想起來，如果是超級超級超級的電腦，就有可能同時處理很多很多的事件。

明德樂園國際中心，我們這個年紀應該都知道曾經有一個明德樂園，年輕的大概就不曉得了。它有一個國際中心，我記得那一次應該是保險公司，我忘了是哪家公司，他們有人聽到我在「台北Office」，也就是李建復主持電台節目的時候，他邀請要採訪我。

為什麼李建復跟我有關係？原本我跟李建復不認識的，但是他哥哥李建中是我們成大的傑出校友，也是成大的學弟。他有一天打電話給我，說：「興隆兄拜託，我弟弟就是李建復。」我說：「你弟弟是李建復喔！」他說他在美國念的是資訊碩士，回來開了一家公司，想要加入中華民國軟體協會，希望我幫他拉票。

跟大家報告一下。我從小就是一個……現在還有人直接叫我「濫好人」，在場的朱信忠就是我南一中高一的同班同學。我在高一以前沒有當過班長，可是我都很快樂。班長通常都是班上第一名才有機會當班長；選班長時，我從來沒有投我自己的票。在南一中的時候，新生訓練有三天，主任教官很有趣，找了每班最高的那一個出來當班長，實習班長三天，怎麼當班長我都不曉得，反正就這樣，三天過了每一班都要選班長，狀元的那一班，那個狀元當然是班長；成績很好的，大家都知道他很會念書，他也當班長；至於我，我的成績人家也不曉得我的底細，想說反正你個子最高，好像人也很好，所以我也當班長了。

第一個禮拜我不曉得台南一中有「榮譽競賽」的規矩，榮譽競賽是什麼？要打二種分數：第一個是秩序，升降旗集合，看哪一班最快到、很整齊的集合在那裡分數就會高；另外一個是整潔，是由糾察隊隊長負責，全校60個班級去打分數評分。

我當班長，秩序方面，大家鬧的時候，也不好意思管人家；整潔的部分，這一排星期一、這一排星期二……就這樣照著分配。掃完以後也沒有什麼感覺，就這個樣子，放學就放學。

第二個禮拜的星期一，我們的校長金樹榮站在上面，就開始頒發榮譽旗。第一名就能拿到榮譽旗，好漂亮，那一個禮拜就可以把那面旗子插在教室的門口；另外一面是黑旗子，大家都是幸災樂禍。

榮譽旗先頒，高三某班，學長得到，大家很開心；頒完以後大家就很安靜，不曉得是哪一班很幸運地會拿到那個黑的旗子。宣布了以後，全校都沒有動靜，我也在想，到底是哪一班？最後我們教官喊：「王興隆！」蛤！怎麼是我們班上，我們班那時候又排在最後面，我從後面往前面跑，那實在不曉得是光榮還是怎麼樣，全場鼓掌聲很有節奏感，我好像就是配合那個聲音在跑，我頭低低的，校長還煞有介事地把好大的一面黑旗子頒給我。

下來以後，下面的聲音更大，大家都在笑，我趕快跑回去，臉實在是不知道該往哪裡放，臉脹紅、又難過，那個旗子又跟在我身邊，因為我要拿著嘛……回到教室以後，還要插在班上的門口，所有老師都不認識，因為都是新生嘛，走過的時候，就會指指點點。班長很難做，同學大家都沒有感覺，反正是班長出糗，我想，這不行呀，這要怎麼辦？朱信忠應該有印象。

我就上台跟大家說：「同學們，就見肖欸啦！（台語）」，因為我們在南一中時，上課才會講國語，下課的時候就講台語。「這個黑旗子，可以很簡單的不必拿到。」大家都信我，我說：「還是一樣——掃地就是星期一第一排、星期二第二排……但是集合的時候我們一定要最快集合好。」南一中有分勝利路和民族路，我們一年級的都在勝利路這一邊。集合好以後還要唱歌答數跑步過去。每一個同學都很有義氣，目標就是不要拿黑旗子，我們跑步跑得像什麼一樣？像阿兵哥，很整齊。雖然班長是拿著黑旗子，但是這一班就是會跟人家不一樣。教官都覺得好奇怪，這一班好特別，跑步都砰砰砰的好像卡車一樣的跑過去。

第一天，大家掃完以後放學，我也回家，騎著腳踏車覺得心中不怎麼踏實，再騎回來看大家掃得如何了？門窗都已經關了，我打開一看「夭壽了」，因為大家掃地，掃掃掃，灰塵就上來了，桌子看起來都沒有問題，一抹，全部都是灰呀！一看，糾察隊的隊長已經來了，我說：「你全校巡完以後，再到我這一班。」他說：「好好好。」我自己一個人去提水，一張桌子一張桌子的擦，然後像量經緯度一樣，很仔細的把桌椅擺好了。結果糾察隊長就在那裡笑，他也不告訴我他打多少分，他有被感動到，他看到我在那邊拜託他等一下再打，我只求不要再拿到那個黑旗子。星期一竟宣布我們第一名沒想到我們那麼容易就拿到榮譽旗。我沒解釋，大家覺得那有夠簡單。

榮譽旗星期一拿到的，當天放學，我一個人就把門窗關著，在那邊整理，也重新掃。有個同學叫林東漢，不曉得朱信忠還記不記得？他便當盒忘記帶回去，一看：「嗳，班長，你在做什麼？」「我在整理啊！」他反而放下東西幫我整理。隔天他又站在講台上說：「各位同學，那個榮譽旗，你們以為那麼簡單就拿到，是班長留下來在打掃。」同學大家感動到，全班都留下來。更激烈的是，我們的水池有限，因為每一班頂多是舀個兩桶，我們班上同學，因為人多總是要找事情，就把水池的水全部都舀到我們教室，不必掃了，都用沖的，那些髒東西都把它流出去了。

連續拿了幾次的榮譽旗以後，主任教官就找我去了，「你們班再拿下去，榮譽旗就沒有功用了。」我說：「那要怎麼做？」他說：「休息幾次好不好？」我就串通大家：「欸，大家不要那麼勤勞了，主任說話了。」所以我們就休息了一陣子，可是因為大家覺得拿旗子掛在教室門口比較神氣，所以又拿了幾次。

我們的老師們每個月都會開會，他們就在討論：「我們學校出了一個領導統御很厲害的班長。」就是指我，他們開始舉例子，工藝老師說：「對對對，就是這一班的班長，我們做書架需要木頭，這個班長很奇怪，那個材料他說只要花10元每個同學就有了。其他班就要25元、30元。」他搞不清楚我到底怎麼去控制成本？

因為我國小的時候，很喜歡一個人騎著腳踏車到處跑，台南協進國小前面一整排都是原木的進口商，他們在賣木材，我根本不曉得什麼做生意的法則，我就直接去找老闆。老闆跟我說：「你要做什麼？」我就跟他介紹：「我是台南一中高一十班的班長。」他說：「那你想要做什麼？」我說：「我們工藝要做書架，想要跟你們買木材。」他說：「好好好！」旁邊的跟他說：「這種生意不用做啦，叫他去文具店買就好。」但是這個老闆覺得這個班長很可愛，就親自去找料，弄好、切好了之後，我就問：「多少錢？」我馬上把錢交給他，他還要找我錢，我說：「這不用找，這是我跟班上同學收的錢。」拿回來以後大家都很開心。其他的班上的班長，都知道要去文具店買，文具店的老闆要賺一手，然後供應商也要賺一手，弄一弄他們都是20幾元。

我講這個的意思，就是說，**當我們在做一些事情，並不是在為我們自己考慮的時候，你會做得很順。這是一個經營上的分享。**

哈哈哈，講得那麼多。我演講通常都是三個小時，然後三個小時講完了以後，下面的聽眾都會說：「沒有沒有，王董事長你還沒有講到主題喔。」（全場哄堂大笑）我到底講完沒？

台北市政府楊錫安秘書長接任台北捷運公司董事長時，他從郝龍斌市長那裡，知道我對台北捷運上面一些小小的貢獻，所以他當董事長的時候，就邀我一定要回去跟那些老朋友演講。

捷運公司一萬多個同仁裡面，當時擔任主管的大概有170幾位全部找來，我講了三個小時，講完以後他們說：「哇！怎麼時間那麼快，感覺我好像在佈道一樣。」我全部都講精神層面的。因為其實大家都做得很好，能夠提升的就是讓他們能夠產生自動自發的行為，你不需要在背後盯，他就能夠做得很好。**人只要感受到**

自己被重視、被信任，他的潛能就會完全的發揮。

在明德樂園國際中心演講之前，李建復在「台北 Office」採訪我，我們在節目裡對談。當時「台北Office」幾乎很多上班族都在聽，特別是需要自我激勵的、從事保險服務業的、或者是推銷員、經銷方面的，這類人會面臨到很多的挫折，因為客戶要如何從你身上感受到他有被服務的需要，所以一直在找一些自我激勵相關的。

當時南山人壽有好多人都不約而同地跟主管反映，「我們需要請一位激勵大師來幫大家演講。」他們年度充電大會就在這個地方，有500多位，我演講了三個小時。還記得當時幫他們演講的題目是：「你的成就永遠不會超出你思想的限度」。這句話不是我講的，不曉得是叔本華？還是尼采？這是我在看書的時候有觸動，覺得這句話還蠻管用的，你的成就是受限於你的思想，你沒有想到那個地步，就不會有那種成就；你有想出來的時候，可能能夠超過、可能能夠達到、可能達不到，但是總是一個目標出來了。

演講過後，我繼續在李建復那邊受訪，他現場Call out，那很先進。有人就說：「王董事長你的童年好有趣喔。」引發我寫了《淘氣阿隆》，因為發現我講的大家聽得蠻有興趣的，乾脆把小時候調皮搗亂的事情寫下來。今天各位都會有一本書，不能暗槓喔。（李三哥：準備好在那邊了）那本出來以後，因為我的朋友，很多都是資訊界的企業家，他們也都人手一本，當時民生報、聯合報……各個報紙幾乎都是半個版面在介紹。介紹之後，書還沒印出來人家就打電話來詢問，我公司的秘書都招架不住了。

我把從小到大學畢業的經歷寫出來，工作的這一段沒有寫，好多人看了以後，包括：史欽泰、施振榮、侯清雄、簡明仁、林蔚山、葉國一……各位可以想得到的這些人我都送給他們了。大家看了以後就說：「哦，想起來我小的時候也是很精彩的……」但是他們沒有時間，公司現在業務大到上百億、上千億，他們都沒有時間。我就說：「好吧，你們就寫你們自己的一篇，出版的時候我一起發布上去。」我請李建復也寫一篇，總共有23個人寫。這當中第一個寫的就是夏漢民夏校長，他寫在前面，李建復年紀最小，就寫在最後面。

這本書前一陣子我又讓它再版，然後送給志工們。他們覺得很有趣：「我們能不能一起來出一本？阿隆你來帶大家。」所以我就請有興趣的人，比照《淘氣阿隆》的模式，我的糗事我都敢寫了，你們有什麼不敢寫的？或者可以寫你們的豐功偉業，都可以，一人寫一篇，結果有100個人來寫。這當中我們李三哥寫得很感人、然後我們陳明智陳會長、張瑞雄張校長……好多人都有寫，李文正也有。我們總共收集了100多篇，由趙德玉他們文編小組五個人幫忙整理。後來我們就出了一本叫做《我們的故事》，今天也會送給各

位。時報出版公司說這本還有不少人看，表示大家的文筆都不錯，都曾經看過瓊瑤小說、都曾經看過金庸武俠……每一個人的文筆都超好的。

剛剛講這些，就是說：**很多事情都是這件事情會引發下一件事情。可是這件事情還是會有幾個可能，你的選擇就很重要了。所以人生是在各種不同的選擇之下而來的。**

天地有一股能量，也許感受得到的，但是你看不到，這無形的能量，看起來虛無，可是它又能夠產生很大的影響。我家四個小孩，他們靜坐的時候就接收到宇宙大空一股強大的能量，從他們的腦門貫穿下去。一進去了以後，因為他們全部放空，我們平常不能任意這麼做，那是在一個有保護的狀況之下。放空的時候，能量進來了，那個能量奇經八脈會跟著跑，把我們的任督二脈打通，只要好好的靜坐，就能夠引導天地很神聖的一股能量進來，幫你的身體做好一些調整。有些部位是後天疏於保養、或者是受到傷害，特別是我們的意識。我純粹就自己的體悟來分享，不同的宗教信仰、不同的修行，會有不一樣的經驗，沒有對錯，只要這些不是用在欺負人或者害人的話，都是可以的。

我們的這些意識，我們自己的元神，我們今天的肉身，我們是無中生有，從遙遠的虛空，這個遙遠，也許就只是一線之隔，只是這個空間我們還搞不清楚，也許就在隔壁，就這麼傳遞過來，所花的時間，光速哪算什麼，比光速快幾萬倍、幾兆倍都有可能。「瞬間」，會像佛經裡面講的，經書裡面有寫到人是從光音天來的，光音天的一些靈體，你要說是坐飛碟來的，那太遠了，他們有他們的機制，比微粒還小還小的，瞬間就這麼過來。正好地球有這樣的一個生物。以前也許他們跑到恐龍的身上，發現實在太笨拙了，這邊還沒有到時候，以後要再說。直到像我們這樣的人在幾十萬年前出現，發現好像還可以適用。

像這種能量進來的時候，我家四個小孩的反應都不一樣：我的兒子龍龍，從小個子比大他一歲的姊姊高出他一個頭，祖炁灌進去的時候，他的全身嗶嗶剝剝作響，好像骨頭在那邊敲，有點像鋼鐵人、像變形金剛一樣，在那邊一直動，以後長到192公分；那個大他一歲的姊姊，則哭得很淒厲，我想，我也沒有虐待過她，她吵著說要回天宮，這裡不是她要的地方。

這個就是說：**我們來到這個世間，其實都應該是**

我們心甘情願來的，少數可能是被派下來的，也許任務太苦了、太艱巨了。我們的先賢所寫是有道理的：「天將降大任於斯人也……」後面非常淒慘就對了……只有經過這麼淒慘的，你才有辦法去體會，喔！原來就是要讓你練就那樣的能耐——可以受得了無情的毀謗、或者是背叛、或者是欺壓……然後你還都能夠活得下來。

我5月2日會回成大，成大的老師要我回去演講。我發現現在的年輕人好像自殺的人越來越多，所以我把那個題目定為：「天下無難事」。剛剛你們李三哥他也曾經自我坦白，說他在班上很熱心服務，但是功課方面，班上同學的都比他還好。我說：「啊！一樣啦。」

成大工程科學系，我們班上有好幾個企業家、有11個博士當教授的。我在外面自居：我是我們班上最後一名畢業。不信的話，可以去成大調資料出來，我的畢業分數是60幾分，我們班上的同學很拼，他們的功課、他們的成績都比我還好。一來是我自己的選擇，因為我發現，我要把一門課念得成績和我的同學一模一樣，要花很多時間。

我是班上第三名進去的，本來我還寫個願望是：

「我是以第三名進來，我希望我比第三名還好的成績畢業」。結果發現，我大一的時候，物理是在小禮堂考，我一坐進去的時候，前後左右的旁邊，全部都把我繞著，因為我物理是考95分進去的，我就很快寫完，然後放在那個地方任大家參考。可是我發現，其他的課要是都要花那麼多的時間，我就沒有時間去玩棒球、沒有時間去練標槍、沒有時間去參加合唱團了……所以我的一個選擇，我不翹課；但是我上課就會去了解老師在講什麼、這本書在講什麼、考試老師在考什麼。第二次的複習我就不做了，因為那個時間我就已經在操場上面打棒球、練標槍……做我很喜歡做的事情。

其中一項很喜歡做的事情就是——養熱帶魚。我熱帶魚的事業做得好大，台灣鬥魚養到曾經是台灣繁殖規模最大的，還在鄉下弄了100多個水池；還有錦鯉，現在都在流行錦鯉，其實我在南一中、在成大的時候，中國廣播公司就來採訪我，怎麼經營水族館，我還教人家如何開水族館賺錢。因為他們從北部進口商買進來，運輸的過程就會受傷，那活的魚很容易就會死掉。我這邊在繁殖，明天就要大專聯考，晚上的時候水族館的老闆還在那邊「我要鬥魚幾隻、還要什麼魚幾隻……」我爸爸媽媽就說：「明天就要考試了，這錢先不要賺了，等考完再來賺吧！」

賺的這些錢，我做什麼用途？在成大的時候，我就拿賺的這些錢，棒球隊、籃球隊、還有各種球隊……大家運動的時候會口渴，我就會買水桶到冰果室買紅茶一桶，然後就一個茶杯，大家年輕也不嫌彼此的口水，拿起來就喝。我們系上球隊的紅茶，都是本人贊助的，用我賣的魚來補貼的。（全場鼓掌）

這個不是多了不起的事情。結果我們那一屆在選系總幹事的時候，我們班上有三組同學想要出來選總幹事，也有同學在想：三組選下去的話，這個班就不團結。就像台灣，一選舉完就四分五裂一樣。後來大家協商結果，就推一個最不想選的，把我拉出來了。一拉我出來，全票通過。那個時候，所謂的系費就交50元而已，我們的系200人算小系，50元總共才1萬元，辦一個活動就花光了。後面我辦了很多的活動，大家都覺得太厲害了，單單舞會就不曉得辦了多少場，這些都要謝謝那些魚。

我那些魚養到什麼地步呢？有台南的企業家開著他家的賓士來到我家，說他的魚死了兩隻，因為他的事業經營很辛苦，唯一的樂趣就是早晚都在池子旁邊餵錦鯉陶冶心性。我告訴他們飼料不要餵太多，可是他們都希望魚能夠吃得好，給太多，飼料就會沉底，每次水質就會壞掉，他們很有錢每一隻魚都是1萬元以上，來的時候兩隻死了，還有其他的要買，一次都會買不少。

我講的這些，都是告訴大家，**你這一生所做的事情，都跟你未來有關係。**我小時候的興趣，引發我在大學的時候給大家一個感覺：「王興隆很好，在我們都沒有什麼錢的情況之下，會請我們吃東吃西」。那個時候，我騎著野狼125，有同學在講：「我們學校才二、三台野狼125」，這給他們的印象是：「我是可以當朋友的人，我從來都不會想從別人身上去佔任何的便宜。」

侯理事長說施先生跟阿隆有神助我也有神助

接下來我們就講「侯理事長說施先生跟阿隆有神助」（聯合報全版報導神農大帝），施先生，指的是施振榮；侯理事長，就是侯清雄，以前神通公司的創辦人，說他也有神助。聯合報又全版報導「神農大帝」。

各位都知道我在學校有上課，但是沒怎麼念書，我當總幹事的時候，新生訓練就跟各班說：「你們來工程科學系什麼都學，你們學機械、力學方面都比較實用。學電腦，幹嘛學電腦？電腦將來就是用嘴巴告訴它，它就能幫你做得很好。」主要是我有預感能力，幾十年後，寫程式的人將來就……我當時的謬論就是這個樣子。結果呢？還好，因為系裡面開的課程很多，有些人覺得機械方面太呆板了，還要畫圖幹什麼，學電子、學資訊方面很棒，所以他們這方面就學得很好。

我們家鄉有個「神農大帝」，我們的祖先，剛剛我跟在場有一位朋友講了「反清復明」，我們是鄭成功帶來的。在這裡就有這個因緣，廈門有個鞋匠被「神農大帝」託夢，要他背著祂登陸安平，然後一路走走走，走到我們那裡，就在高鐵站附近有個沙崙的隔壁，我們那裡叫上崙仔，到那裡祂就跟那個鞋匠說：「我要在這裡」，我們那邊是王家莊，都是姓王的，然後就幫祂弄一個小小的地方，供奉「神農大帝」。「神農大帝」主管五穀雜糧和草藥，我們祖先就很虔誠的相信祂。

人神的溝通，在這裡是用「輦轎」，扶鸞有四個人，案頭的那位一定要是文盲，要確定是文盲，不然很容易作弊。「神農大帝」的神像，有一尊大的，也有一尊比較小的，小的黑黑的那尊，就坐在轎裡，你來問事情的時候，就要把香灰撒在桌上，你問什麼，他回答的時候，這個轎子就在上面畫畫。我們都看得懂，文盲搞不清楚他在畫什麼，就是一問一答、一問一答，還都很神奇。

有一天我們鄉下的親戚，打電話到護理學校找我爸爸。我父親王燦南老師是台南護理學校的老師，他是台灣省第一屆師鐸獎的得主。聽說這裡有很多老師，這是跟各位攀關係。他打電話來跟我父親講，因為通常都是人去求神，神農大帝有交代要找誰，然後說請他的兒子過來一趟，有話交代。我父親就很重視打電話到台北，我那個時候在復盛上班，就從台北回到開農宮。

「請問神農大帝找我回來交代什麼？」祂說：「準備創業，」我問：「要創什麼行業？」祂說祂現在講不出來，但是產品是本地不出產的。我問不出一個結果，很失望，心裡頭雖然在嘀咕，但是表面上一樣還是很尊敬，白來一趟，又回去了。

一個月不到，我的學長、還有學弟、同學……在IBM的、在台大電機研究所的、在交大計算機研究所的……加加起來十幾個跑來找我。因為以前我等於是孩子頭，他們說：「王興隆，現在有個Microprocessor，做出來的電腦體積小很多很多，你出來我們來做。」我想說我沒有興趣，「我在學校不是告訴你們，為什麼要學電腦？電腦未來用講話的，它就會幫我們做事情呀。」他們說：「你不會不要緊，我們都會呀。」後來腦中閃現一句話，「這種東西台灣自己不會做」，我想說要求證一下，就回去請示神農大帝：「請問祢希望我做的事業是Microprocessor的 Microcomputer？」祂說：「正是！」「但是我沒有興趣？」「你命中注定要做這方面，你有任務、你有使命。」我說我沒有錢，祂當場就指定誰出多少錢、誰出多少錢。「我沒有人呀？」「這些人才自然就會過來。」我在想，因為我好多同學都在美國留學，我就問：「本地沒有出產，那就到美國去嗎？」「不是，你的緣分在日本，你到日本去。」我在想，我日語有修一學年，其實都是在賺學分。

祂說我們就像小學生一樣，一年級、二年級、三年級……慢慢到最後，你就會成為這方面非常非常有影響力的人。這實在離我自己的想法太遠了，我在復盛，是做空氣壓縮機的，復盛也給我很好的環境，要講復盛又要三個小時，所以我就跳過去。復盛的事情是我在教我兒子，因為他現在大陸的吉利汽車公司裡面做很重要的一些研發，工廠之間的一些要訣趁我還活在人間都盡量地傳授給他，希望他將來對社會有貢獻。

在這樣的情況之下，我回到台北就在想：上天的意思是要我做這樣，那我怎麼辦？我又不感興趣，我到底要拒絕？還是要接受？想想還是給自己一個機會摸清楚，就去中日文化交流協會問：「這邊有沒有跟Microcomputer、Microprocessor有關的企業？」「歡迎你自己進來查。」我查他們的企業名錄，找好久抄出來有16家公司。我念理工的不會打字，還專程去買一台Brother兄弟牌的打字機一鍵一鍵地敲，經常會敲錯。

我弄出很多張信，上面寫著：我對你們公司的電腦產品很感興趣，是不是請把你們公司的產品寄過來。如果我覺得可以的話，我來代理你們的產品。寄出去之後，結果回來就只有一家，其他的顯然是沒有緣分，或者是根本瞧不起。一封英文信裡面，錯別字還那麼多，塗改的又那麼多。回信的那一家，我一打開就兩張，當時他們的產品叫做「ABC24 small biz computer」；另外一張是他們的工業電腦，上面的介紹是：他們是日本第一台迷你電腦的發明廠家、第一台 Microcomputer的廠家，叫做「AI電子測器株式會社」。

我沒有其他的選擇，只有親自去看再來決定要不要做。我這個人不會騎馬找馬，我就去跟復盛的李董事長跟他報告，「我要辭職。」「你要辭職幹嘛？」「我辭職要到日本找電腦。」「你懂電腦？」因為老闆根本完全沒想到，我說：「不懂啊！」他說：「你不懂，那為什麼要搞電腦？」我就只好跟他坦白從寬：「是因為『神農大帝』那麼講。」我講完以後他就搖頭。可是他還是幫我忙，因為那個時候不能隨便出國，他還幫我弄了公司一些證明，可以商務出國，就出去了，我也很感謝他。

偏偏好日子被我挑到，挑到他們日本的黃金週，「黃金週」是什麼？全日本的小學、中學、高中或者是大學，他們很多人都要到東京皇帝住的地方去瞻仰，我找不到旅館，比較小的通通都找不到，被迫去找到一家旅館，日本東京帝國大飯店。

那個時候還搞不清楚什麼是五星級的，就進去，一個晚上5,000元台幣，相當於我大概一個月的薪水，我身上沒有帶多少錢想說先去看看。盤纏帶得有點拮据，住那邊三天心很疼。三天以後，正好他們那邊的黃金假期收假，我就去問到旁邊small biz Hotel，價錢很經濟可是房間真的很小，要進到他衛浴設備馬桶，還要轉這邊、轉那邊、調角度……才好不容易能夠解決沐浴上的問題，可是很開心，我就按照他們上班的地址，搭地鐵過去，坐到下丸子站。

找到了以後，等他們開完會我就進去。他們問我來意，我就拿他們給我的型錄，他們有一些主管出來，問一問就沒人理我了。很快就下班了，他們就說：「抱歉，我們現在下班了。」我回旅館，就覺得很不甘心，花了那麼多的錢、也辭職了，怎麼沒有結果。

隔天照常去那裡，也是一樣。到第三天呢，他們終於有人叫我進去了。我在想這下子不曉得是什麼事情？進去到他們社長的辦公室，大概這麼大的空間吧，裡面已經坐了七、八位，社長叫做真田隆幸，他的祖先是武士，擁有他們自己真田家族的城堡，他的英文不錯，因為是跟日本人講英文，我就侃侃而談。

我跟他交換名片，他看到名片就問：「這是你的公司？」「抱歉，我公司還沒有成立。」「這個地址呢？」「我家的地址。」我都老老實實的講，「那這個電話？」「我家的電話。」他們其他人就已經開始在笑了，董事長接下來說：「我的主管，就是他們，叫我不要理你，因為你不懂電腦。」我心想：喔！原來他們跑出來問我，我一問三不知。「你不懂，卻來這裡跟我們要代理權，公司又還沒有成立，你到底是憑什麼樣的動機過來的？」我被逼得沒辦法，只好像對復盛公司李董事長坦白一樣：「The Buddha handles agriculture and pharmacy...」

他們聽了以後，請我再重講一次。我就把英文版的「神農大帝」講了一遍。講完以後，真田社長就在白板上寫下「神農氏」，「就是他嗎？」我說：「對。」他們也是笑得東倒西歪，跟各位一樣。

他說：「我6月1日香港有個電腦展，在那邊我有一場演講。回程的時候，我會特別經過台北，把你今天講的證明給我看。如果是真的，總代理權就給你，我們總代理不是亂給的。」然後拿出大同、聲寶……台灣一些大的電器廠商，曾經跟他們要求代理的，「這些，你看！我們認為你們台灣還沒到時候就都放一邊。今天你公司都還沒成立，但是只要你證明有『神農大帝』存在，我就給你總代理。」

我們公司還沒成立，他們都還在別的公司上班，我還去製作「國喬事務電腦」，那是公司當時的名字，一個K mark，然後做制服……那天以後都沒有再做制服，只為了要展現出那個氣氛，去做了20件。當天找了學長、學弟都是搞Computer的，然後租了兩部Microbus，就是九人座的車。還好租二輛，其中有一輛在泰山收費站爬坡時拋錨，那個車子不好，我說：「好！你們在這邊，至少還有九個人。」到了機場，九個人站在出口的地方還是有些氣氛。他一出來，我們用掌聲熱烈歡迎，煞有介事喔，很開心，然後請他吃一頓飯以後就到公司。

公司的辦公室是租的，所有的家具，像桌子，沒有這麼好啦，我都是在中正橋那邊的二手家具店去買的，椅子、桌子……全部都是二手的。門一開，20個人坐得好好地就聽他開講。他就開始介紹電腦，我就當做我們都不知道，因為我就是那個程度的。講完以後他問：「有什麼問題？」大家就開始討論了，我們這裡有交大計算機研究所第一名的、也有台大電機研究所的……都是成績非常好的，開始問了問，他有點招架不住，就說：「你們程度那麼高啊，早知道我就帶工程師過來了。」

問完了以後，他我就帶他到一間小房間，那間小房間是做什麼的呢？我的規劃是：早上都是我到市場去買菜（因為我家就是這樣子，我太太到60歲才開始學煮飯炒菜的），那一間就當作是同仁的餐廳，也是會議室。門一打開，一陣煙霧出來，不是顯靈喔，他一開大門，「神農大帝」就供奉在上面，然後有香。他是基督徒，站在神像前面三鞠躬，我很感動。本來我心臟怦怦跳，萬一看不上的話，這一切都白費了。

沒想到他坐下來以後，就從包包裡面拿出二疊合約書，他說，我們讓他想到18年前他的公司，他是日本東京大學電機系畢業的，當時日本AI電子株式會社成立，他是社長他的同窗就跟他一起創業。他說：「你今天讓我感動，讓我想到我當年也是這個樣子，所以我願意幫助你們。你可以安排你們的人到我公司這邊，我幫他們訓練，回來就可以來進行這樣的一個事業。我們總代理本來一年要求多少多少台，你特別，不用。我估計你們第一年大概都不會有生意。」我問：「為什麼？」他說：「電腦我們有經歷過，因為所有的老闆都不懂電腦，你要經過這個階段。」而且他提醒我，賣電腦的業務員，一定要大學畢業，一定要大學畢業……他一再地強調：「你要遊說這些大學畢業的，會覺得他當電腦銷售人員，其實是在推廣一個時代的新觀念。」我記在心裡頭。

簽完以後我好開心，進來開始立志：「台北市12層樓的辦公大樓，我每一棟都要去拜訪過」。進行到第三天，就覺得創業怎麼那麼辛苦，腿都已經痠掉、麻掉。後來才恍然大悟，我怎麼那麼笨，我雖然有的地方看起來好像很聰明，但大部分的時間都是很笨的。我為什麼要一樓爬到二樓、二樓到三樓、三樓……到12樓，然後每天十幾棟大樓這麼爬，為什麼不會搭電梯到12樓？然後一層一層的下來……果然一定要「勞其筋骨、苦其心志……」，沒錯。

跟大家在講這些是說：**神是在的，神告訴我們的事情，往往我們都無法去理解，因為祂已經預知了，只是祂不曉用什麼我們能夠理解的話去講。因此各位不管你是什麼宗教信仰，你一定要虔誠，你既然信了，你就相信祂，你不信就不存在。**

因為我做的是很前瞻的軟體研發，施振榮先生是硬體的。他在做硬體的時候，全心全意不眠不休把自己的身體搞壞了，他也是一個很孝順的孝子。我們這個年紀的都知道，他曾經有350萬美金的IC被竊，被人家偷走，對他的打擊很大。他很孝順，他媽媽從小就帶他去埔里的地母廟，地母廟是拜拜的聖地，他媽媽就說：「我們去求地母，求祂幫我們忙。」地母廟就派出一個將軍令旗，那個令旗就放在施振榮先生的辦公桌上。隔了兩個多禮拜以後，這個將軍令旗有交代祂要回去了，三天後警方宣布破案以後每年都會率一級主管前去祈福。

你看像這個樣子，侯理事長認為施先生有神助、我有「神農大帝」神助，他也有。那一次我們電腦公會在陽明山中山樓舉辦會員大會，會中使用電腦計票，每個人投的票幾乎在十分鐘內就能計算出結果，在那個時候是很先進的，我們是搞電腦的，大家覺得非常公平，因為那一次負責設計這種讀卡還有計票的那一家公司的老闆也參與競選，結果他落選了，所以大家都覺得很公平，他做出來的選務系統非常公平，公平到這個老闆落選。

我剛剛跟各位講的，我從來不選我自己，我都當選為常務理事，常務理事裡面再去推選理事長。那一屆因為剛好新舊理事長交接，我被委任負責把印信從施振榮先生這邊接過來，然後再交給侯清雄先生，我要用聲音還原現場，因為主持交接儀式以後，我要代表資訊業界致詞，那個時候資訊業界有5,000多家廠商，把中山堂都擠得滿滿的。我致詞說：「我們很感謝施振榮先生，他在任內把我們的產業從全世界第12名，拉升到第7名。後面我們相信侯清雄理事長可以帶著我們業界，讓我們在全世界會居於領先的地位。我為大家獻唱『馬賽曲』，讓我們以此誓師。」

我現在就唱給各位聽「馬賽曲」演唱。

當砲聲隆隆　當砲聲隆隆　那戰馬馳騁在原野上　這時國王越過我的墳墓地上　千軍萬馬刀槍如林　千軍萬馬刀槍如林　為法蘭西與敵人做殊死拚　我將起來重新武裝……

我唱歌很少用麥克風，那一次會場幾千人就用清唱；我在大陸，因為辦了三次團到大陸去考察投資環境，在他們的人民大會堂、各個大城市的接待中心，他們知道就王團長歌聲非常的好……抱歉我不應該講那個，他們都會拱我唱。這首歌這也曾經在那裡唱過，大家都很振奮。

我發現這個世界，人類的文明都在進步，一定有辦法走到天下太平的那個階段。像這種以思想來領導人們往真善美的境界在發展，這是許多宗教都肩負著這樣神聖的一個使命，雖然彼此之間見解有些差別，但本質是一樣的。

侯理事長那晚上很高興請我吃飯，他對我說：「王興隆，我有神助。我公司那時候是……，今年還沒有到，還有好幾個月，觀世音菩薩跟我講我今年會賺多少錢。」我說：「去年有沒有告訴你？」他說：「有呀！」「準不準？」他說：「一樣的，數字是一樣的。」

所以每一個人他所得到的神助都是各種不同的方式，我只是舉一些例子。我們今天講的，這些錄音的話也會散播出去，我今天講什麼，在某個時候總有某個關鍵性的人物聽到，他會證實王興隆講的是真的。通常這些事情，都是要自己成功了以後才敢講。否則的話人家會想，你這個公司不可靠呀，怎麼靠怪力亂神在那邊說。

他又說：「我隔壁鄰居住的是榮總很有名的醫師，他在做醫學方面的研究，他去跟觀世音菩薩討論醫學研究的進度。」我問：「結果怎麼樣？」「觀世音菩薩跟他講，這個還早， 7年後才會成功，你不必擔心這個。」他又跟我說：「太空人王贛駿，王博士來台灣的時候就會去找觀世音菩薩，討論太空船在太空中的實驗上的一些問題。」我說：「觀世音菩薩也很神奇。」他說：「祂都懂欸，還都教他要怎樣要怎樣……」眼界大開，沒有人講我都不相信，他是我很敬重的一個大哥。

他說：「王興隆，更神奇的是，大家來都有事相問，他們沒辦法一個一個回答，觀世音菩薩都有廟祝，觀世音菩薩就附在那個廟祝身上，前一個禮拜就開始寫，每天有時間就寫，寫在紙上面寫了幾百張，他們都有一些講經說法的時間，來的就是幾百人。」那間廟以前的主任委員蕭天讚，就是以前的法務部長。他說：「人一到齊的時候，工作人員就把這些寫好的紙，一條條的排列著，那個用概率去算根本不可能，每一個人拿到的就是他今天要來問的，問題的答案就在上面，神奇不神奇？」難怪他覺得施振榮有神助、我也有神助。

我們從事這種所謂的資訊行業，對未來前景真的不清楚，那很新的，如果要以自己的心智和認知去創這個事業，人進去、錢也進去，失敗的話那是很可怕。有什麼讓你有信心？神助。幾乎所有的這些老闆都會問清楚，而且不只問一家，問了以後，好像是可能的，才敢做下去。

不管怎麼樣，大家記住，很多事情雖然有天命，但是天命來講的話，還是不踏實、很空，因此你要先盡人事。我當初對電腦方面，就持有那種態度，但是我有那個天命嗎？後來我盡人事，果然在做的過程當中，我覺得我最有貢獻的事，就是中文系統，可是那陣子也讓宏碁產生很大的影響，少賺好幾億。IBM的中文電腦一台IBM5550賣五十多萬的時候，宏碁很高興能突破，推出宏碁570賣25萬。我因為在開發鞋廠系統，接了訂單，然後他們鞋廠說我們的作業人員都不懂英文，希望系統是中文的。我在想宏碁有，我就跟宏碁買，他們剛出來的前四台都被我買了，因為大家都還在摸索，所以銀幕會晃、會當機、會有一些狀況……施崇棠先生（華碩現任董事長）跑來我公司修呀修呀，真怕我這麼大的個子，會不會……

因為我們延遲了半年交貨，我就在想說備案該如何？否則會賠得很慘。我就跟公司的同仁講：「硬體的中文系統，那麼不可靠，我們是搞軟體，我們用軟體來開發一個系統好不好？」公司同仁說：「王董，你都天馬行空黑白講，硬體都做不出來，還做什麼軟體？」隔了幾天以後，因為我信息傳遞出去了，他們實力都很強，就開始想，如果要做成軟體的話，該怎麼做……後來我們就把它開發出來了。

但開發的問題是中文要有字形，字形從哪裡來？我還專程跑到美國去，我弟弟那個時候在南加大，他說他實驗室裡有個大陸的女生，有看到她在翻簡體字的字典。我就說：「好好！那我去趟美國。」我就跟她拜託說：「妳這個簡體字典，我跟妳買。」我買了以後，把簡體字的部分撕掉折一折塞到皮帶裡，就是那種有拉鍊的皮帶，人家裡面用來走私嗎啡，我是用那個在走私簡體字型。

人就是這個樣子，平常我們過關的時候就沒事呀，知道自己腰帶裡面夾帶會出問題的東西就很不自在，過海關的時候好像很急，海關人員就問：「先生你的皮帶是不是太緊了？」還好他不是叫我解開，如果解開，那個時候台灣還不准有簡體字的刊物或者是東西。我們中文系統裡面附有簡體的字形，但是要用一個鍵轉換。所以一開發出來以後香港也有很多人在使用，大陸到香港去買都是買一整箱的，掃貨掃到香港都不夠……

後來因為我們的產品被破解，我們代理商請我到香港，他帶我到每一個攤位去，「這位是國喬電腦公司的王老闆。」他們一看「真的嗎？不好意思、不好意思。」都是盜版的，但是就笑笑。

講這些就是：命中注定，我那個時候是幫台灣讓電腦能夠普及。因為中華商場、光華商場，當時在賣仿造IBM PC一台賣3萬元，但是他們也賣不好，因為除了貿易公司，大家都覺得我用英文的做什麼？因為沒有中文系統，他們生意也不好；有了中文系統以後，我把它定價才3,000元，3萬元加3,000元，33,000元就有一台中文電腦。我接到最大的訂單是司法院，因為林洋港院長講求不用仿冒，跟我們買了1,000套。還有工研院，他們也是都要用中文電腦，他們要降低成本也全部都是用我們的。

最後還是沒辦法，這個環境弄得我們公司的同仁，就要求我去取締仿冒，他說：「如果你不去取締仿冒的話，我們明天全部都辭職不幹了。」因為公司賺錢的時候我都發獎金給他們，他們都好開心覺得我們老闆要變成台灣的比爾蓋茲了。可是仿冒出來了以後，我們的生意就被迫不能做了，還要去開發其他的產品，其他產品就要花時間。

當年取締仿冒時，台灣那個時候有票據法，發現所有小公司的老闆都是女的，出問題的時候都是太太關進去。在告的時候，我出庭了好幾次，看到那些都是年輕的，有的還抱著孩子，有的是挺著肚子，我很傷心，如果告下去把她關到監獄裡面，我罪過啊。我跟審判長、跟對方的律師、跟我們的律師講說：「律師，我們撤告、撤告。」我掉眼淚。

人在冥冥之中，也因為這樣，後面遇到有人要誣告我、幹什麼……的時候，對方出庭的律師，居然是以前當場看我在掉淚的律師，他們就秉公的，反而在維護我的權益，我都很感激。

我們對每一個人，都要善加對待，也許他曾經給你很大的傷害，也許讓你受到很多的苦，但是最後我們要感謝，因為他那樣子讓我們成長、讓我們擁有跟其他人不同的歷練，我們要心懷感恩。

最後，捷運的故事，就不跟大家講了，要講的話也是三個小時。

利己是凡人的本性，大家首先都會想到自己的利害關係，那個是沒錯。所以當你在跟人家在合作做事情

的時候，人家為他自己在著想，他沒有錯，只是你自己沒辦法提供讓他滿足。

利他是聖人的天性。

我現在帶著這群志工，我不收任何人的捐款，你們來裝公益福袋，我也沒有付薪水給大家。大家買公益福袋，買了去送給別人，或者是你沒有送的對象，公司這邊會根據大家推薦的育幼院、孤兒院、還有這些比較需要幫助的對象，我們就宅配過去，都清清楚楚。

有人就問我：「王興隆，我聽說你不接受人家的捐款，那你為什麼還有辦法來做那些其他的事情？」在這邊跟大家報告，我是把公司的資金，我們開股東會的時候經過大家的同意，我說這些錢放在銀行根本沒什麼用，我這幾十年並沒有白混，我們就用來投資股票，這個公司只要是正派經營的，我們買了股票，它每一年可以分不錯的股息，就用這些股息來做公益。

這些公益福袋，有18種的食物，我們每一個月大概250箱，如果那一個月

大家捐的箱數多的時候，我們就變成500箱，全部都是送出去的。整個公司除了房租、水電費之外，沒有其他的開銷。所以大家都做得很愉快。因為最起碼你在這個環境，你根本不用出錢就可以行善。

行善，就是把你神聖的天性、也是神性，我們讓他薰陶一下。人間的一些遊戲規則、法則，和另外一個時空的法則是不一樣的，到那裡，不是你很有錢，你在那就很有錢，你很有地位，你在那個地方就很有地位；而是說，你在這邊，你很有錢，你那個錢到底是怎麼用的？你留了一大堆，在這邊沒有人用，你也用不到，然後你的下一代跟你亂用，那個都是不妥當的。

所以我告訴大家，我不接受大家的捐款，我希望每一位在你自己的生活、你自己的子女，都兼顧到了以後，剩下的部分，你就有系統的把它用在幫助別人的身上，然後這個一定、一定有好的影響。那個影響，我們現在雖然是看不到，但是未來你絕對能夠看得到，而且你在做的時候你的兒子、你的孫子都看在眼裡，他們被你這樣一啟發，你整個家族的運勢當然是會更好。

最後，苦難折磨打擊都是去蕪存菁的過程，心甘情願不怨天尤人。

堅持善待任何人，只感恩不計仇，飲水思源，謝天謝地感謝一切的成全。

我今天就講到這裡，謝謝。

李三哥：

我們學長的演講，大概三天三夜講不完，他今天應該是一個片段的精華，我們難得聽到這麼精彩的人生故事，很多啟發性，我們加一個鼓勵好不好？謝謝。

人生顧問553

阿隆的奇幻人生

作　　者—王興隆
照片提供—王興隆
編　　輯—黃培玟
協力編輯—謝翠鈺
企　　劃—鄭家謙
封面設計—魚展設計
美術編輯—趙小芳

董 事 長—趙政岷
出 版 者—時報文化出版企業股份有限公司
108019 台北市和平西路三段二四〇號七樓
發行專線—（〇二）二三〇六六八四二
讀者服務專線—〇八〇〇二三一七〇五
（〇二）二三〇四七一〇三
讀者服務傳真—（〇二）二三〇四六八五八
郵撥—一九三四四七二四時報文化出版公司
信箱—一〇八九九　臺北華江橋郵局第九九信箱
時報悅讀網—http://www.readingtimes.com.tw
法律顧問—理律法律事務所 陳長文律師、李念祖律師
印　　刷—勁達印刷有限公司
一版一刷—二〇二五年四月十一日
定　　價—新台幣三二〇元

時報文化出版公司成立於一九七五年，
並於一九九九年股票上櫃公開發行，於二〇〇八年脫離中時集團非屬旺中，
以「尊重智慧與創意的文化事業」為信念。

阿隆的奇幻人生 / 王興隆作 . -- 一版 . -- 臺北市 :
時報文化出版企業股份有限公司 , 2025.04
面 ; 公分 . -- (人生顧問 ; 553)
ISBN 978-626-419-369-6(平裝)

1.CST: 修身 2.CST: 人生哲學

863.55　　114003220

ISBN 978-626-419-369-6
Printed in Taiwan